癸辛杂识

[宋] 周密 撰　王根林 校点

图书在版编目(CIP)数据

癸辛杂识 /（宋）周密撰；王根林校点.
—上海：上海古籍出版社，2012.12(2023.8 重印)
（历代笔记小说大观）
ISBN 978-7-5325-6362-3

Ⅰ.①癸… Ⅱ.①周… ②王… Ⅲ.①笔记小说-小说集-中国-南宋 Ⅳ.①I242.1

中国版本图书馆 CIP 数据核字(2012)第 044766 号

历代笔记小说大观
癸 辛 杂 识
[宋]周 密 撰
王根林 校点

上海古籍出版社出版发行
（上海市闵行区号景路 159 弄 1-5 号 A 座 5F 邮政编码 201101）
(1) 网址：www.guji.com.cn
(2) E-mail：guji1@guji.com.cn
(3) 易文网网址：www.ewen.co
常熟文化印刷有限公司印刷
开本 635×965 1/16 印张 12.5 插页 2 字数 166,000
2012 年 12 月第 1 版 2023 年 8 月第 2 次印刷
印数：2,101—3,200
ISBN 978-7-5325-6362-3
I · 2516 定价：30.00 元
如有质量问题，请与承印公司联系

校 点 说 明

    《癸辛杂识》，宋末元初人周密撰。周密(1232—1308)，字公谨，号草窗，又号萧斋，著名的学者和词人。祖籍济南，北宋亡，其祖随宋室南渡居吴兴，晚年居杭州之癸辛街。先后任临安府、两浙转运司幕属、义乌令等职，入元后隐居不仕。一生著述甚富，除本书，尚有《武林旧事》、《齐东野语》、《绝妙好辞》、《草窗词》等存世。

    《癸辛杂识》凡六卷，是一部以记载朝野遗事和社会风俗为主的史料笔记。内容广泛，记叙翔实，具有较高的史料价值。文中体现了作者坚持民族气节、维护祖国统一的爱国精神。

    该书原先仅有抄本，后收入《稗海》和《津逮秘书》，到清代，又有《四库全书》和《学津讨原》两种版本。这次整理，以清嘉庆藏书家张海鹏"照旷阁"所刻《学津讨原》本为底本，而以其他诸本参校。凡据校本对底本所作改动，一律不出校记。又，底本中正文间有个别小字夹注，现予保留。

癸辛杂识序

　　坡翁喜客谈，其不能者，强之说鬼。或辞"无有"，则曰："姑妄言之。"闻者绝倒。洪景卢志《夷坚》，贪多务得，不免妄诞，此皆好奇之过也。余卧病荒闲，来者率野人畸士，放言善谑，醉谈笑语，靡所不有。可喜可噩，以警以惧，或献一时之笑，或起千古之悲，其见绐者固不少，然求一二于千百，当亦有之。暇日萃之成编，其或独夜遐想，旧朋不来，展卷对之，何异平生之友相与抵掌剧谈哉！因窃自叹曰："是非真诞之辨，岂惟是哉？信史以来，去取不谬、好恶不私者几人，而舛伪欺世者总总也。虽然，一时之闻见，本于无心；千载之予夺，狃于私意。以是而言，岂不犹贤于彼哉？"癸辛盖余所居里云。弁阳老人周密戏书于道迕斋。

目　　录

续集下

前集

胎　息

东坡云：养生之方，以胎息为本。此固不刊之语，更无可议。但以气若不闭，任其出入，则渺绵溟漭，无卓然近效，待其兀然自住，恐终无此期。若闭而留之，不过三五十息，奔突而出，虽有微暖养下丹田，此一于迂，决非延世之术。近日沉思，似有所得，盖因看孙真人养生门中《调气》第五篇，反复寻究，恐是如此。其略曰："和神之道，当得密室闭户，安床暖席，枕高二寸半，正身偃卧，瞑目闭气于胸膈间，以鸿毛著鼻上而不动。经三百息，耳无所闻，目无所见，心无所思，则寒暑不能侵，蜂虿不能毒，寿三百六十岁。此邻于真人也。"此一段要诀，且静心细意，字字研究看。既云"闭气于胸膈中"，令"鼻端鸿毛不动"，初学之人，安能持三百息之久哉？恐是元不闭鼻中气，只以意坚守此气于胸膈中，令出入息似动不动，氤氲缥缈，如香炉盖上烟，汤瓶嘴上气，自在出入，无呼吸之重烦，则鸿毛可以不动。若心不起念，虽过三百息可也。仍须一切依此本诀，卧而为之。仍须真以鸿毛粘著鼻端，以意守气于胸中，遇欲吸时，不免微吸，及其呼时，不免微呼。但任其气氤氲缥缈，微微自出，出尽气平，则又吸入。如此出入元不断而鸿毛自不动，动亦极微。觉其极微动，则又加意，则勒之以不动为度。虽云则勒，然终不闭，至数百息。出者多则内守充盛，血脉流通，上下相灌输，而生理备矣。予悟此元意，甚以为奇。

又记张安道《养生诀》云：此法比之服药，其力百倍，非言语所能形容。其诀大略具于左：

每日以子时后，三更三四点至五更以来。披衣坐，床上拥被坐亦可。面东或南，盘足坐，叩齿三十六通，握固，两拇指掐第三指手文，或以四指都握拇指，两手拄腰腹间可也。闭息，闭息最是道家要妙，先须闭目静虑，扫除灭妄想，使心源湛然，诸念不起，自觉出入调匀、细微，即闭口，并鼻不令出气，方是工夫。内视五脏，肺白、肝青、脾黄、心赤、肾黑。当先求《五脏图》或烟萝子之类，常挂于壁上，使日常熟识六脏六腑之形状也。次想心为炎火，光明洞彻，入下丹田中，丹田在脐下三寸是。待腹满气极，则徐徐出气。不得令耳闻声。候出息匀调，即以舌搅唇齿内外，漱炼津液，若有鼻涕，亦须漱炼，不可嫌其咸。漱炼良久，自然甘美，此即真气也。未得咽下，复前法闭息内观，纳心丹田，调息漱津，皆依前法。如此者三，津液满口，即低头咽下，以气送下丹田中。须用意精猛，令津与气谷谷然有声，径入丹田中。以依前法为之，凡九闭息、三咽津而止。然后以左右手热摩两脚心，此涌泉穴，上彻顶门，气诀之妙。及脐下腰脊间，皆令热彻。徐徐摩之，微汗出不妨，不可喘。次以两手摩熨眼面耳项，皆令极热，仍按捏鼻梁左右五七次，梳头百余梳，散发而卧，熟寝至明。

右其法至简易，惟在长久不废，即有深功，且试行二十日，精神便自不同，觉脐下实热，腰脚轻快，面目有光。久之不已，去仙不远。但当存闭息，使渐能持久，以脉候之，五至为一息。某近来渐闭得渐久，每一闭一百二十至而开，盖已闭得二十余息也。又不可强闭多时，使气错乱，或奔突而出，则反为害也。慎之！慎之！又须常节晚食，令腹中宽虚，气得回转。昼日无事，亦时时闭目内观，漱炼津液咽之，摩熨耳面，以助真气。但清净专一，即易见功矣。神仙至术，有不可学者三：一忿躁，二阴险，三贪欲。道家胎息之法，以元牝为鼻，鼻者，气之所由出入以为息也。佛藏中有《安盘守意经》，云："其法始于调身简息，以谓凡出入鼻中而有声者，风也；虽无声而结滞不通者，喘也；虽无声，亦不结滞，而犹粗悍不细者，气也。去是三者，乃谓之息。然后自鼻端至脐下，一二数之，至于十，周而复始，则有所系而趋于定。则又数以心随息，听其出入，如是反复，调和一定，而不乱，则生灭道断，一切三昧无不见前。"道士陈彦真常教人，令常寄其心，纳之脐中，想心火烈烈然，下注丹田。如是坐卧起居不废，行之既久，觉脐腹间如火，则旧疾尽去矣。

陈 圣 观 梦

咸淳甲戌秋，余为丰储仓。时陈圣观过予，为言边报日急，余以乡曲通家故，因间扣之。圣观戚然引入小室，曰："时事将不可为矣。某春首常梦至一大宫殿，若常日朝参处，殿上皆垂帘，寂无人声。既而，稍近帘窥之，见御榻上一异物踞之。或龙或虎之类，陈不详言。其傍则有小儿，服斩衰之衣，余遂惊寤。今嗣君尚幼，方居先帝之丧，此小儿衰服之验，其不祥莫甚焉，天下事去矣。"余意其梦事不足信，然是岁之冬，果有透渡之事。透渡，即宋之北狩也。

改 春 州 为 县

春州瘴毒可畏，凡窜逐黥配者必死。卢多逊贬朱厓，知开封府李符言，朱厓虽在海外，水土无他恶，春州在内地，而至者必死，望改之。后月余，符坐事，上怒甚，遂以符知春州。至州，月余死。元丰六年，王安石居相位，遂改春州为阳春县，隶南恩州。既改为县，自此获罪者遂不至其地，此仁人之用心也。

吴 兴 园 圃

吴兴山水清远，升平日，士大夫多居之。其后，秀安禧王府第在焉，尤为盛观。城中二溪水横贯，此天下之所无，故好事者多园池之胜。倪文节《经锄堂杂志》常纪当时园圃之盛，余生晚，不及尽见，而所见者，亦有出于文节之后。今摭城之内外常所经游者列于后，亦可想象昨梦也。

南沈尚书园　沈德和尚书园，依南城，近百余亩，果树甚多，林檎尤盛。内有聚芝堂藏书室，堂前凿大池几十亩，中有小山，谓之蓬莱。池南竖太湖三大石，各高数丈，秀润崎峭，有名于时。其后贾师宪欲得之，募力夫数百人，以大木构大架，悬巨絙，缒城而出，载以连舫，涉溪绝江，致之越第，凡损数夫。其后贾败，官斥卖其家诸物，独此石卧泥沙中。适王子才好奇，请买于官，募工移植，其费不赀。未几，有指为盗卖者，省府追逮几半岁，所费十倍于石，遂复舁还之，可谓石妖矣。

北沈尚书园　沈宾王尚书园，正依城北奉胜门外，号北村，叶水心作记。园中凿五池，三面背水，极有野意。后又名之曰自足。有灵寿书院、怡老堂、溪山亭、对湖台，尽见太湖诸山。水心尝评天下山水之美，而吴兴特为第一，诚非过许也。

章参政嘉林园　外祖文庄公居城南，后依南城，有地数十亩，元有潜溪阁，昔沈晦岩清臣故园也。有嘉林堂、怀苏书院，相传坡翁作守，多游于此。城之外别业，可二顷，桑林、果树甚盛，濠濮横截，车马至者数返。复有城南书院，然其地本郡志之南园，后废，出售于民，与李宝谟者各得其半。李氏者后归牟存斋。

牟端明园　本郡志南园，后归李宝谟，其后又归牟存斋。园中有硕果轩、大梨一株。元祐学堂、芳菲二亭、万鹤亭、荼蘼。双杏亭、桴舫斋、岷峨一亩宫，宅前枕大溪，曰南漪小隐。

赵府北园　旧为安禧故物，后归赵德勤观文，其子春谷、文曜葺而居之。有东蒲书院、桃花流水、薰风池阁、东风第一梅等亭，正依临湖门之内。后依城，城上一眺，尽见具区之胜。

丁氏园　丁总领园，在奉胜门内，后依城，前临溪，盖万元亨之南园，杨氏之水云乡，合二园而为一。后有假山及砌台，春时纵郡人游乐。郡守每岁劝农还，必于此舣舟宴焉。

莲花庄　在月河之西，四面皆水，荷花盛开时，锦云百顷，亦城中之所无。昔为莫氏产，今为赵氏。

赵氏菊坡园　新安郡王之园也，昔为赵氏莲庄，分其半为之。前面大溪，为修堤、画桥，蓉柳夹岸，数百株照影水中，如铺锦绣。其中亭宇甚多，中岛植菊至百种，为菊坡、中甫二卿自命也。相望一水，则其宅在焉。旧为曾氏极目亭，最得观览之胜，人称曰八面曾家，今名天开图画。

程氏园　程文简尚书园，在城东宅之后，依东城水濠，有至游堂、鸥鹭堂、芙蓉泾。

丁氏西园　丁葆光之故居，在清源门之内，前临苕水，筑山凿池，号寒岩。一时名士洪庆善、王元渤、俞居易、芮国器、刘行简、曾天隐诸名士皆有诗。临苕有茅亭，或称为丁家茅庵。

倪氏园　倪文节尚书所居，月河，即其处，为园池，盖四至傍水，易于成趣也。

赵氏南园　赵府三园在南城下，与其第相连。处势宽闲，气象宏大，后有射圃、崇楼之类，甚壮。

叶氏园　石林右丞相族孙溥号克斋者所创，在城之东，多竹石之胜。

李氏南园　李凤山参政本蜀人，后居雪，因创此为游翔之地。中有杰阁曰怀岷，穆陵御书也。

王氏园　王子寿使君家，于月河之间，规模虽小，然曲折可喜。有南山堂，临流有三角亭，苕、雪二水之所汇，苕清雪浊，水行其间，略不相混，物理有不可晓者。

赵氏园　端肃和王之家，后临颜鲁公池，依城曲折，乱植拒霜，号芙蓉城，有善庆堂，最胜。

赵氏清华园　新安郡王之家，后依北城，有秫田二顷。有清华堂，前有大池，静深可爱。

俞氏园　俞子清侍郎临湖门所居为之。俞氏自退翁四世皆未及年告老，各享高寿，晚年有园池之乐，盖吾乡衣冠之盛事也。假山之奇，甲于天下，详见后。已上皆城中园。

赵氏瑶阜　兰坡都承旨之别业，去城既近，景物颇幽，后有石洞，常萃其家法书，刊石为《瑶阜帖》。

赵氏兰泽园　亦近世所葺，颇宏大，其间规为葬地，作大寺，牡丹特盛。未几，寺为有力者撤去。

赵氏绣谷园　旧为秀邸，今属赵忠惠家，一堂据山椒，曰雪川图画，尽见一城之景，亦奇观也。

赵氏小隐园　在北山法华寺后，有流杯亭，引涧泉为之，有古意，梅竹殊胜。

赵氏蜃洞　亦赵忠惠所有,一洞窅然而深不可测,闻昔有蜃居焉。

赵氏苏湾园　菊坡所创,去南关三里,而近碧浪湖,浮玉山在其前,景物殊胜。山椒有雄跨亭,尽见太湖诸山。

毕氏园　毕最遇承宣所葺,正依迎禧门城,三面皆溪,其南则邱山在焉。亦归之赵忠惠家。

倪氏玉湖园　倪文节别墅,在岘山之傍,取浮玉山、碧浪湖合而为名。中有藏书楼,极有野趣。

章氏水竹坞　章农卿北山别业也,有水竹之胜。

韩氏园　距南关无二里,昔属平原群从,后归余家,名之曰南郭隐。城南读书堂、万松关,太湖三峰各高数十尺,当韩氏全盛时,役千百壮夫移置于此。

叶氏石林　左丞叶少蕴之故居,在卞山之阳,万石环之,故名,且以自号。正堂曰兼山,傍曰石林精舍,有承诏、求志、从好等堂,及净乐庵、爱日轩、跻云轩、碧琳池,又有岩居、真意、知止等亭。其邻有朱氏怡云庵、涵空桥、玉涧,故公复以玉涧名书。大抵北山一径,产杨梅,盛夏之际,十余里间,朱实离离,不减闽中荔枝也。此园在雪最古,今皆没于蔓草,影响不复存矣。

黄龙洞　与卞山佑圣宫相邻,一穴幽深,真蜿蜒之所宅。居人于云气中,每见头角,但岁旱祷之辄应。真宗朝金字牌在焉。在唐谓之金井洞,亦名山之一也。

玲珑山　在卞山之阴,嵌空奇峻,略如钱塘之南屏及灵隐、芎林,皆奇石也。有洞曰归云,有张谦中篆书于石上。有石梁,阔三尺许,横绕两石间,名定心石。傍有唐杜牧题名云“前湖州刺史杜牧大中五年八月八日来”,及绍兴癸卯,葛鲁卿、林彦政、刘无言、莫彦平、叶少蕴题名。章文庄公有诗云:“短铤长镵出万峰,凿开混沌作玲珑。市朝可是无峨嵼,更向山林巧用工。”

赛玲珑　去玲珑山近三里许,近岁沈氏抉剔为之。大率此山十余里,中间皆奇石也。今亦皆芜没于空山矣。

刘氏园　在北山,德本村富民刘思忠所葺,后亦归之赵忠惠。

钱氏园　在毗山，去城五里，因山为之。岩洞秀奇，亦可喜。下瞰太湖，手可揽也。钱氏所居在焉，有堂曰石居。

程氏园　文简公别业也，去城数里，曰河口。藏书数万卷，作楼贮之。

孟氏园　在河口，孟无庵第二子既为赵忠惠婿，居雪，遂创别业于此。有极高明楼，亭宇凡十余所。

假　　山

前世叠石为山，未见显著者。至宣和，艮岳始兴大役，连舻辇致，不遗余力。其大峰特秀者，不特侯封，或赐金带，且各图为谱。然工人特出于吴兴，谓之山匠，或亦朱勔之遗风。盖吴兴北连洞庭，多产花石，而卞山所出，类亦奇秀，故四方之为山者，皆于此中取之。浙右假山最大者，莫如卫清叔吴中之园，一山连亘二十亩，位置四十余亭，其大可知矣。然余平生所见秀拔有趣者，皆莫如俞子清侍郎家为奇绝。盖子清胸中自有丘壑，又善画，故能出心匠之巧。峰之大小凡百余，高者至二三丈，皆不事饾饤，而犀株玉树，森列旁午，俨如群玉之圃，奇奇怪怪，不可名状。大率如昌黎《南山》诗中，特未知视牛奇章为何如耳。乃于众峰之间，萦以曲涧，甃以五色小石，旁引清流，激石高下，使之有声，淙淙然下注大石潭。上荫巨竹、寿藤，苍寒茂密，不见天日。旁植名药，奇草薜荔、女萝、菟丝花红叶碧。潭旁横石作杠，下为石渠，潭水溢，自此出焉。潭中多文龟、斑鱼，夜月下照，光景零乱，如穷山绝谷间也。今皆为有力者负去，荒田野草，凄然动陵谷之感焉。

艮　　岳

艮岳之取石也，其大而穿透者，致远必有损折之虑。近闻汴京父老云："其法乃先以胶泥实填众窍，其外复以麻筋、杂泥固济之，令圆混。日晒，极坚实，始用大木为车，致于舟中。直俟抵京，然后浸之水中，旋去泥土，则省人力而无他虑。"此法奇甚，前所未闻也。又云："万岁山大洞数十，其洞中皆筑以雄黄及卢甘石。雄黄则辟蛇虺，卢甘石则天阴能致云雾，滃郁如深山穷谷。后因经官拆卖，有回回者知之，因请买之，凡得雄黄数千斤，卢甘石数万斤。"

炮　祸

赵南仲丞相溧阳私第常作圈，豢四虎于火药库之侧。一日，焙药火作，众炮俟发，声如震霆，地动屋倾，四虎悉毙，时盛传以为骇异。至元庚辰岁，维扬炮库之变为尤酷。盖初焉，制造皆南人，囊橐为奸，遂尽易北人，而不谙药性。碾硫之际，光焰俟起，既而延燎，火枪奋起，迅如惊蛇，方玩以为笑。未几，透入炮房，诸炮并发，大声如山崩海啸，倾城骇恐，以为急兵至矣，仓皇莫知所为。远至百里外，屋瓦皆震，号火四举，诸军皆戒严，纷扰凡一昼夜。事定按视，则守兵百人皆糜碎无余，楹栋悉寸裂，或为炮风扇至十余里外。平地皆成坑谷，至深丈余，四比居民二百余家，悉罹奇祸，此亦非常之变也。

牛　女

七夕牛女渡河之事，古今之说多不同；非惟不同，而二星之名莫能定。《荆楚岁时记》云："黄姑、织女时相见。"太白诗云："黄姑与织女，相去不盈尺。"是皆以牵牛为黄姑。然李后主诗云："迢迢牵牛星，杳在河之阳。粲粲黄姑女，耿耿遥相望。"若此则又以织女为黄姑，何耶？然以《星历》考之，牵牛去织女隔银河七十二度，古诗所谓"盈盈一水间，脉脉不得语"，又安得如太白"相去不盈尺"之说？又《岁时记》则又以黄姑即河鼓，《尔雅》则以河鼓为牵牛。又《焦林大斗记》云："天河之西，有星煌煌，与参俱出，谓之牵牛。天河之东，有星微微，在氐之下，谓之织女。"《晋·天文志》云："河鼓三星，即天鼓也。牵牛六星，天之关梁，又谓之星纪。"又云："织女三星，在天纪东端，天女也。"《汉·天文志》又谓织女"天之贞女"，其说皆不一。至于渡河之说,则洪景卢辨析最为精当。盖渡河乞巧之事,多出于诗人及世俗不根之论,何可尽据?然亦似有可怪者。杨缵继翁大卿倅湖日,七夕夜,其侍姬田氏及使令数人露坐至夜半,忽有一鹤西来,继而有鹤千百从之,皆有仙人坐其背,如画图所绘者。彩霞绚粲,数刻乃没。杨卿时已寝,姬急报,起而视之,尚见云气纷郁之状。然则流俗之说,亦有时而可信耶?

蕈　毒

菌蕈类皆幽隐蒸湿之气,或蛇虺之毒,生食之,皆能害人。而好奇者每轻千金之躯以尝试之,殊不可晓。《夷坚志》所载简坊大蕈,及金溪田仆食蕈,一家呕血,陨命六人,邱岑幸以痛饮而免,盖酒能解毒故耳。又灵隐寺僧得异蕈,甚大而可爱,献之杨郡王。王以其异,遂进之上方,既而复赐灵隐。适贮蕈之器有余沥,一犬过而舐之,跳跃而死,方知其异而弃之。此事关涉尤大。近得耳目所接者两事,并著为口腹之戒。嘉定乙亥岁,杨和王坟上感慈庵僧德明,游山得奇菌,归作糜供众。毒发,僧行死者十余人,德明亟尝粪获免。有日本僧定心者,宁死不污,至肤理拆裂而死。至今杨氏庵中,尚藏日本度牒,其年有久安、保安、治象等号,僧衔有法势大和尚、威仪、从仪、少属、少录等称。是岁,其国度僧万人。定心姓平氏,日本国京东路相州行香县上守乡光胜寺僧也。咸淳壬申,临安鲍生姜巷民家,因出郊得佳蕈,作羹恣食。是夜,邻人闻其家撞突有声,久乃寂然,疑有他故,遂率众排闼而入。则其夫妇一女皆呕血殒越,倚壁抱柱而死矣。案间尚余杯羹,以俟其子,适出未还,幸免于毒。呜呼,殆哉!

呼名怖鬼

刘胡面黝黑,似胡蛮,人畏之,小儿啼,语云:"刘胡来!"便止。杨大眼威声甚振,淮、泗、荆、沔之间,童儿啼者,呼云:"杨大眼至!"即止。将军麻秋有威名,儿啼,辄呼:"麻秋来!"即止。檀道济雄名大振，魏甚惮之，图以禳鬼。江南人畏桓康，以其名怖小儿，且图其形于寺中，病疟者写其形帖床壁，无不立愈。

闽 鄞 二 庙

嘉熙庚子岁，先子为闽漕干官时，方公大琮为计使，特如礼敬，一台之事悉委之。先是，郡中有富沙太尉祠，颇为乡民所信，至是投牒乞保奏丐封额。时方久旱，先子遂书牒云："本路正兹闵雨，神能三日内为霖，当与保奏。"方公笑语吏魁曰："汝可以运干所拟，白之于神。"吏敬录其语，往祠所焚之。次日大雨，连雨昼夜，境内沾足。遂从其请，竟获封侯。而里人以周公能通神明，作歌美之，且刻梓书其事，鬻于市焉。乙卯岁，先子守鄞江，以贡士院敝甚，遂一新之。院内旧有土神七姑庙在焉，先子素刚介，并欲撤去，且命凿二井以便汲。既而得泉，皆污浊不堪用。监修判官周颉及吏魁赖良者白曰："土神庙貌已久，州人赖之，今既与院中无所妨，欲姑存之。"先人谩答云："神若能令二井清泠，则可。"官吏因往白太守语。次日落成，吏欣然走告曰："井水已可食矣。"试命汲之，清泠佳泉也。于是并为葺其祠焉。此二事余所目击。

健 啖

赵温叔丞相形体魁梧，进趋甚伟，阜陵素喜之。且闻其饮啖数倍常人，会史忠惠进玉海，可容酒三升，一日，召对便殿，从容问之曰："闻卿健啖，朕欲作小点心相请，如何？"赵悚然起谢。遂命中贵人捧玉海赐酒，至六七，皆饮釂，继以金柈捧笼炊百枚，遂食其半。上笑曰："卿可尽之。"于是复尽其余，上为之一笑。其后均役南，暇日欲求一客伴食，不可得。偶有以本州兵马监押某人为荐者，遂召之燕饮，自早达暮，宾主各饮酒三斗，猪、羊肉各五斤，蒸糊五十事。赵公已醉饱摩腹，而监押者屹不为动。公云："君能尚饮否？"对曰："领钧旨。"于是再进数勺，复问之，其对如初。凡又饮斗余乃罢。临别，忽闻其人腰腹间耖然有声,公惊曰:"是必过饱,腹肠迸裂无疑。吾本善意,乃以饮食杀人!"终夕不自安。黎明,亟遣铃下老兵往问,而典客已持谒白曰:"某监押见留客次谢筵。"公愕然延之,扣以夜来所闻。踟蹰起对曰:"某不幸抱饥疾,小官俸薄,终岁未尝得一饱,未免以革带束之腹间。昨蒙宴赐,不觉果然,革条为之迸绝,故有声耳。"

科　举　论

淳熙间,赵温叔丞相常力荐郭明复、刘光祖、杨辅之,谓皆省殿试前列,且云"大好士人"。寿皇宣谕云:"朝廷用人以才,安论科第?科第不过入仕一途耳。"温叔唯唯而退。越日,御制《科举论》,其略谓:"近世取士,莫若科场,及至用人,岂当拘此?诗赋、经义,学者皆能为之,又何足分轻重乎?夫科场之弊,于文格高下,但以分数取之,真幸与不幸耳。至于廷试,未尝有黜落者,尽以官赍命之,才与不才者混矣,是科场取士之弊也。夫用之弊,在乎人君择相之不审,至于怀奸私,坏纲纪,乱法度,及败而逐之,不治之事,已不胜言矣。宰相不能择人,每差一官,则曰此人中高第,真佳士也,然不考其才行如何。孔圣之门,犹分四科,人才兼全者,自古为难。今则不然,以高科虚名之士,谓处之无不宜者,何尝问才之长短乎?夫监司、郡守,系民之休戚,今以资格付之,丞相虽择其一二,又未能皆得其人。及至陛对,既无过人之善,粗无凡猥之容,则又未能极精其选。国朝以来,过于忠厚,宰相而误国者,大将而覆军者,皆未尝诛戮之。虽三代得天下以仁,而启誓六卿曰:'不用命,戮于社。'羲和废厥职,犹惩之曰:'以干先王之诛。'况掌邦邑军师之大事乎!要在人君,必审择相,相为官择人,不失其所长,懋赏立乎前,严诛设于后,人才不出,吾不信也!朕延一二柄臣,皆能精白一心尽忠无隐,宜勉乎此,更勤夙夜,以懋庶绩,岂不休哉!"初宣示,温叔色变,上曰:"不谓卿等。"赵奏曰:"迅雷风烈,虽不为孔子,而孔子色变者,畏天怒也。"异日,上复宣谕曰:"朕所著《科举论》,或以为过,或以为是。以为过者,史浩也;以为是者,阎苍舒也。浩极长者,故不欲朕用威刑;阎苍舒趋事赴功之人也,故赞朕以为是。刘子宣《迩言》亦云：‘场屋之文，朝廷假以取士，与学优则仕异矣。士大夫以此高下人物，更相矜傲，更相景慕，亦可悲矣！’”善乎，文节公之言曰：“不为俗学所累者，可与言理道焉。”

荐杨诚斋

绍兴庚戌十月，倪文节公思为中书舍人，杨文节万里自大蓬除直龙图阁，将漕江东，朝论惜其去，公留录黄欲缴奏。或以语杨，杨亟作简止之。倪公答云：“贤者去国，公论以为不然，既辱宠喻，不敢复缴，却当别作商量也。”杨公即以所答简余纸复止之，云：“死无良医，幸公哀我，得并别作商量之说免之。尤荷公孙黑辞职，既而又使子为卿，子产恶之。至恳至叩，不胜激切！”至以“恩府”呼之，其欲去之意可见也。然倪公竟入札留之，云：“臣闻孔子曰：‘吾未见刚者。’又曰：‘不得中行而与之，必也狂狷乎？’刚与狂狷，皆非中道，然孔子有取焉。为其挺特之操，可与有为，贤于柔懦委靡、患得患失者远矣。若朝廷之上得如此三数辈，可以逆折奸萌，矫厉具臣，为益非浅。窃见秘书监杨万里，学问文采，固已绝人，乃若刚毅狷介之守，尤为难得。夫其遇事辄发，无所顾忌，虽未尽合中道，原其初心，思有补于国家，至惓惓也。向来劝讲东宫，已蒙陛下嘉奖，陛下践祚，首赐收召晋登册府，士类咸以为当。今甫逾年，遽尔丐外，朝廷以职名漕节处之，不为不优。然而公论以为如万里者不宜遂使去国。录黄之下，臣始欲缴论，为又念朝廷此命本是优贤，虽已书行，而于臣愚见，犹欲陛下改命留之。盖万里再入修门，未为甚久，傥朝廷以贪贤为意，喻之小留，万里感荷君恩，岂能复以私计为辞。”云云。盖二公相知极深也。后二十年，杨公已亡，倪公得其当时手简，不忍弃之，遂自录所上之札，及往来之书，装潢成卷，亲叙其事于后。攻媿楼公尝跋之云：“东坡赋屈原庙，云‘虽不适中，要以为贤兮’，诚斋有焉。昌黎留孔戣，事虽不行，陈义甚高，诚斋有焉。”尤为确论。亦可概想前辈去就之道，交情之谊也。

王小官人

建康缉捕使臣汤某者，于侪辈中著能声，盖群盗巨擘也。一日，有少年衣裳楚楚，背负小笈，扣汤所居。汤遣询谁何？则自通为鄗沙王小官人，趋前致拜。汤亦素知其名，因使小憩，辞云："观察在此，不敢留。只今往和州，拟假一力，负至东阳镇问渡。"汤疑有他，遂择其徒驵黠者偕往，俾侦伺之。自离城闉，遇肆辄饮，已而大吐，几不能步。同行者左负笈，右扶醉人，殊倦，甚恚，曰："汤观察以其为好手，不过一酒徒耳。"凡七十里抵镇邸，大吐投床，终夕索水喧呶不少休。黎明，有骑马扣门者，乃汤也。密扣同行，知夕来酒醉伏枕，亟造卧所，少年闻汤来，则亦扶头强衣，扣所以至。汤谩以他语答之，客笑曰："得非疑某沿途有作过否？"因指同行为证，且曰："虽然，或有他故，愿效区区。"汤嗫嚅久之，曰："不敢相疑，实以夜来总所有大酒楼失银器数百两，总所移文制司，立限构捕严甚，少违则身受重谴矣。束手无措，用是冒急求策耳。"少年微笑曰："若然，则关系甚大，恐妖异所为，非人力能措手。惟有祈哀所事香火，或可徼神物之庇耳。"汤哂其醉中语荒诞，不复诘，力邀同还。抵家，谩用其说，祷之圣堂，则所失器物皆粲然横陈供床下矣。汤始大惊，以为神，方欲出谢之，则其人已去矣。盗亦有道，其是之谓乎？

化蝶

杨昊字明之，娶江氏少艾，连岁得子。明之客死之明日，有蝴蝶大如掌，徊翔于江氏傍，竟日乃去。及闻讣，聚族而哭，其蝶复来绕江氏，饮食起居不置也。盖明之未能割恋于少妻稚子，故化蝶以归尔。李商尝作诗记之曰："碧梧翠竹名家儿，今作栩栩蝴蝶飞。山川阻深网罗密，君从何处化飞归。"李铎谏议知凤翔，既卒，有蝴蝶万数自殡所以至府宇，蔽映无下足处。官府吊奠，接武不相辨，挥之不开，践踏成泥。其大者如扇，逾月方散。杨大芳娶谢氏，谢亡未殓，有蝶大如扇,其色紫褐,翩翩自帐中徘徊,飞集窗户间,终日乃去。始信明之之事不诬。余尝作诗悼之云:"帐中蝶化真成梦,镜里鸾孤枉断肠。吹彻玉箫人不见,世间难觅返魂香。"亦纪实也。

玉　　环

杨太真小字玉环,故今古诗人多以阿环称之。按李义山云:"十八年来堕世间,瑶池归梦碧桃闲。如何汉殿穿针夜,又向窗中觑阿环。"荆公诗云:"瑶池森漫阿环家。"又云:"且当呼阿环,乘兴弄溟渤。"则是以西王母为阿环也。按西王母降汉庭,遣使女与上元夫人,答云:"阿环再拜上问起居。"然则上元夫人亦名阿环耳。

觑书　蒕书

隆州跨鳌李先生,老儒也,尝著书,名之曰《觑书》。张行成跋云:"《方言》曰:'觑,倦也。'丁度谓字或作觑,故司马相如云:'穷极倦觑。'释云:'倦觑,疲惫也。'盖乐其倦游,不希时用也。"楼攻媿云:"尝考之《集韵》二十陌,有觑字,与剧同音。《方言》:'倦也。'然则此书之名,音从剧,义则倦耳。然《说文解字》无觑。《集韵》:'馘,胡官反。馒馘,亭名,在上谷。馒,谟官切。'《说文解字》:'馘,其虐切,相踦馘也。'二字若不类,俗书足以相乱。馘从山谷之谷,弹丸之丸。则钦宗兼名三十六号,止是亭名,别无义可取。馘从谷,亦其虐切。口上阿也,从口,上象其理,邰绤皆从谷,俗书与山谷之谷无别。觑,居逆切,持也,象手也。《集韵》云:'隶变为丸,执、孰等丸,恐筑之几,皆从觑。俗书与丸、几无别。'相如《上林赋》曰:'徼觑受诎。'曰:'穷极倦觑。'俱音剧,倦惫疲。而《说文》飌字,徐锴《通释》亦引《上林赋》'徼觑受屈',谓以力相踦角,徼觑而受屈也。觑,渴极切。飌,其虐切。声亦相近,疑即飌字。跨鳌之书,不应取踦馘之意义,正用《方言》、《上林赋》倦觑之意耳。区区虽若辞费,详考及此,因并及之。"又余橦自著书以拟《太元潜虚》,命名《蒕书》,以八起数,蒕字之义,亦未易晓。攻

媿尝为考云:"《说文解字》二字部,亟,敏疾也,从人,从口,从又,从
二。二,天地也,去吏反。徐锴《释》曰:'承天之时,因地之利,口谋
之,手执之,时不可失,疾也。会意,气至切。'《集韵》于去声七志正引
上文,而又入声二十四职出此字,蒸蒿,蒸注亦引上文,而云或作蒿
极。橦盖以此字备三才,故用之,亦务奇,故又加艹,第未知蒸字止用
《集韵》为据,惟复别见他书,复其下又加木,则未之见也。当考。去
吏乃本音也,要当从去声为正。"余异二公名书之僻,嘉前辈考订之
精,故并书之,以俟问奇字者。

乘　槎

乘槎之事,自唐诸诗人以来,皆以为张骞,虽老杜用事不苟,亦不
免有"乘槎消息近,无处问张骞"之句。按骞本传,止曰"汉使穷河源"
而已。张华《博物志》云:旧说天河与海通,有人赍粮乘槎而去,十余
月至一处,有织女及丈夫饮牛于渚,因问此是何处? 答曰:"君还至
蜀,问严君平则知之。"还,问君平,曰:"某年月日,有客星犯牵牛宿。"
然亦未尝指为张骞也。及梁宗懔作《荆楚岁时记》,乃言武帝使张骞
使大夏,寻河源,乘槎见所谓织女、牵牛,不知懔何所据而云? 又王子
年《拾遗记》云:尧时有巨槎浮于西海,槎上有光若星月,槎浮四海,
十二月周天,名贯月槎、挂星槎,羽仙栖息其上,然则自尧时已有此
槎矣。

游　月　宫

明皇游月宫一事,所出亦数处。《异闻录》云:"开元中,明皇与申
天师、洪都客夜游月中,见所谓广寒清虚之府,下视玉城嵯峨,若万顷
琉璃田,翠色冷光,相射炫目。素娥十余舞于广庭,音乐清丽,遂归制
《霓裳羽衣》之曲。"唐《逸史》则以为罗公远,而有掷杖化银桥之事。
《集异记》则以为叶法善,而有潞州城奏玉笛投金钱之事。《幽怪录》
则以为游广陵,非潞州事。要之,皆荒唐之说,不足问也。

郑　仙　姑

　　瑞州高安县旌义乡郑千里者,有女定二娘。己酉秋,千里抱疾危甚,女刲股和药,疾遂瘥。至次年,女出汲井之次,忽云涌于地,不觉乘空而去。人有见若紫云接引而升者,于是乡保转闻之县,县闻之州,乞奏于朝,立庙旌表以劝孝焉。久之未报,然乡里为立仙姑祠,祷祈辄应,远近翕然,趋之作会,几数千人。明年苦旱,里士复申前请。时洪起畏义立为宰,颇疑其有他,因阅故牒,密遣县胥廉其事。适新建县有阙氏者雇一婢,来历不明,且又旌义人,因呼牙侩讯,即所谓郑仙姑也。盖此女初已定姻,而与人有奸而孕,其父丑之,遂宛转售之傍邑,乃设为仙事以掩之,利其施享之入,以为此耳。昌黎《谢自然》、《华山女》诗,盖亦可见,然则世俗所谓仙姑者,岂皆此类也耶?

寡　欲

　　孟子曰:“养心莫善于寡欲。”《老子》曰:“不见可欲,使心不乱。”圣贤拳拳然以欲为害道,可不慎乎!刘元城南迁日,尝求教于涑水翁,曰:“闻南地多瘴,设有疾以贻亲忧,奈何?”翁以绝欲少疾之语告之。元城时盛年,乃毅然持戒惟谨。赵清献、张乖崖,至抚剑自誓,甚至以父母影象设之帐中者。盖其初未始不出于勉强,久乃相忘于自然。甚矣!欲之难遣也如此。坡翁云:“服气养生,难在去欲。”苏子卿啮雪啖毡,蹈背出血,无一语少屈,可谓了生死之际,然不免与胡妇生子于穷海之上。况洞房绮疏之下乎?乃知此事未易消除。香山翁佛地位人,晚年病风放妓,犹赋《不能忘情吟》。王处仲凶悖小人,知体弊于色,乃能一旦感悟,开阁放妓。盖天下事勇决为之,乃可进道。余少年多病,间有一二执巾栉供绋浣者,或归咎于此。兵火破家,一切散去,近止一小获,亦复不留,然犹未免时有霜露之疾。好事不察者,复以前说戏之,殊不知散花之室已空久矣。虽然,戏之者,所以爱之也。余行年五十,已觉四十九年之非,其视秀惠温柔,不啻伐命之斧,鸩毒之杯,一念勇猛,顿绝斯事,以徼晚年清净之福。闭阁焚香,澄怀观道,自此精进不已,亦庶乎其几于道矣。然则疾疢者安知非吾之药石乎?

芍　药

韩昌黎诗:"两厢铺氍毹,五鼎烹芍药。"注引《上林赋》注云:"芍药根主和五脏,辟毒气,故合之于兰桂五味,以助诸食,因呼五味之和为芍药。"《七发》亦曰:"芍药之酱。"《子虚赋》曰:"芍药之和具,而后御之。"《南都赋》曰:"归雁鸣鹦,香稻鲜鱼,以为芍药。"服虔、文颖、文俨等解芍药,或亦不过称其美,而《本草》亦止言辟邪气而已。独韦昭曰:"今人食马肝者,合芍药而煮之,马肝至毒,或误食之至死。则制食之毒者,宜莫良于芍药,故独得药之名耳。"此说极有理。《古今注》载牛亨问曰:"将离将别,赠以芍药,何耶?"答曰:"芍药一名将离,故以此赠之。"此又别一说也。江淹《别赋》云:"下有芍药之诗。"正用此义。而注之中仅引"赠之以芍药"之语。张景阳《七命》"和兼芍药",乃音酌略。《广韵》中亦有二音。

三　建　汤

三建汤所用附子、川乌、天雄,而莫晓其命名之义。比见一老医云:"川乌建上,头目之风虚者主之;附子建中,脾胃寒者主之;天雄建下,腰肾虚惫者主之。"此说亦似有理,后因观谢灵运《山居赋》曰:"三建异形而同出。"盖三物皆一种类,一岁为蒴子,二岁为乌喙,三岁为附子,四岁为乌头,五岁为天雄,是知古药命名,皆有所本祖也。

杨凝式僧净端

杨凝式居洛日,将出游,仆请所之,杨曰:"宜东游广爱寺。"仆曰:"不若西游石壁寺。"凝式举鞭曰:"姑游广爱寺。"仆又以石壁为请,凝式乃曰："姑游石壁。"闻者为之抚掌。吴山僧净端,道解深妙,所谓"端狮子",章申公极爱之。乞食四方,登舟,旋问何风,风所向即从之,所至人皆乐施。盖杨出无心,端出委顺,迹不同而意则同也。

迎　曙

李方叔《师友谈》记及《延漏录》、《铁围山录》载仁宗晚年不豫,渐复康平。忽一日,命宫嫔、妃主游后苑,乘小辇向东,欲登城堞,遥见小亭榜曰"迎曙",帝不悦,即时回辇。翌日上仙,而英宗登极,盖曙字乃英宗御名也。又寇忠愍《杂说》载哲宗朝常创一堂,退绎万幾,学士进名皆不可意,乃自制曰"迎端",意谓迎事端而治之。未几,徽宗由端邸即大位。又晁无咎《杂说》言仁宗时作亭名曰"迎曙",已乃悟为英宗名,改之曰"迎旭",又以为未安,复改曰"迎恩",皆符英宗御名也。已上数说,未知孰是。

白　帽

管宁白帽之说尚矣,虽杜诗亦云:"白帽应须似管宁。"然《幼安本传》止云:"常著皂帽。"又云"著絮帽布衣"而已。初无白帽之事。独杜佑《通典·帽门》载管宁在家常著帛帽,岂以帛为白乎? 然宋、齐之间,天子燕私多著白高帽,或以白纱,今所画梁武帝像亦然。盖当时国子生亦服白纱巾,晋人著白接䍦,谢万著白纶巾,南齐桓崇祖白纱帽,南史和帝时,百姓皆著下檐白纱帽,《唐六典》天子服有白纱帽。他如白帢、白幍之类,通为庆吊之服。古乐府《白纻歌》云:"质如轻云色如银,制以为袍余作巾。"杜诗:"光明白氎巾。""当念著白帽,采薇青云端。"白乐天诗云:"青筇竹杖白纱巾。"然则古之所以不忌白者,盖丧服皆用麻,重而斩齐,轻而功缌,皆麻也,惟以升数多寡精粗为异耳。自麻之外,缯缟固不待言,苧葛虽布属,亦皆吉服。缟带、纻衣,昔人犹以为赠,则亦何忌之有? 汉高帝为义帝发丧,兵皆缟素,行师权制,固不备礼。后世人多忌讳,丧服往往求杀,今之薄俗,盖有以缟纻为缌功者矣。宜乎巾帽之不以白也。

送　刺

节序交贺之礼，不能亲至者，每以束刺金名于上，使一仆遍投之，俗以为常。余表舅吴四丈性滑稽，适节日无仆可出，徘徊门首，恰友人沈子公仆送刺至，漫取视之，类皆亲故，于是酌之以酒，阴以己刺尽易之。沈仆不悟，因往遍投之，悉吴刺也。异日合并，因出沈刺大束，相与一笑，乡曲相传以为笑谈。然《类说》载陶穀易刺之事，正与此相类，恐吴效之为戏耳。又《杂说》载司马公自在台阁时，不送门状，曰："不诚之事，不可为之。"荥阳吕公亦言送门状习以成风，既劳作伪，且疏拙露见可笑。则知此事由来久矣。

今时风俗转薄之甚。昔日投门状，有大状，小状，大状则全纸，小状则半纸。今时之刺，大不盈掌，足见礼之薄矣。

简　椠

简椠古无有也，陆务观谓始于王荆公，其后盛行。淳熙末，始用竹纸，高数寸，阔尺余者，简版几废。自丞相史弥远当国，台谏皆其私人，每有所劾荐，必先呈副，封以越簿纸书，用简版缴达。合则缄还，否则别以纸言某人有雅故，朝廷正赖其用，于是旋易之以应课，习以为常。端平之初，犹循故态。陈和仲因对首言之，有云："槁会稽之竹，囊括苍之简。"正谓此也。又其后括苍为轩样纸，小而多，其层数至十余叠者。凡所言要切则用之，贵其卷还，以泯其迹。然既入贵人达官家，则竟留不遣，或别以他椠答之。往者御批至政府从官皆用蠲纸，自理宗朝亦用黄封简版，或以象牙为之，而近臣密奏亦或用之，谓之御椠，盖亦古所无也。

人　妖

赵忠惠帅维扬日，幕僚赵参议有婢慧黠，尽得同辈之欢。赵昵之，坚拒不从，疑有异，强即之，则男子也。闻于有司，盖身具二形，前后奸状不一，遂置之极刑。近李安民尝于福州得徐氏处子，年十五六，交际一再，渐具男形，盖天真未破，则彼亦不自知。然小说中有池州李氏女及婢添喜事，正相类。而此外绝未见于古今传记等书，岂以秽污笔墨，不复记载乎？尝考之佛书，所谓博叉半择迦者，谓半月能男，半月不能男。又《遗像经》有五种不男，曰生、剧、妒、变、半，变、半者二形，人中恶趣也，《晋·五行志》谓之"人疴"。惠帝时，京洛人兼男女二体，亦能两用人道，而性尤淫乱，此乱气所生也。《玉历通政经》云"男女二体主国淫乱"。而《二十八宿真形图》所载心、房二星皆两形，与丈夫妇人更为雌雄，此又何耶？《异物志》云："灵狸一体，自为阴阳，故能媚人。"《褚氏遗书》云："非男非女之身，精血散分。"又云："感以妇人则男脉应膀，动以男子则女脉顺指，皆天地不正之气也。"

四　韩

或云韩信为吕后所杀，韩通为杜后所杀，韩侂胄为杨后所杀，韩震为谢后所杀，四人皆将相，皆死于妇人之手，亦异矣。

韩　彦　古

韩彦古字子师，诡谲任数，处性不常。尹京日，范仲西叔为谏议大夫，阜陵眷之厚，大用有日矣。范素恶韩，将奏黜之，语颇泄，韩窘甚，思所以中之。范门清峻，无间可入，乃以白玉小合满贮大北珠，缄封于大合中，厚赂铃下老兵，使因间通之。范大怒，叱使持去。所爱亦在傍，怪其奁大而轻，曰："此何物也?"试启观之，则见玉合，益怪之。方复取视，玉滑而珠圆，分逬四出，失手堕地。合既破碎，益不可收拾。范见而益怒，自起捽妾之冠，而气中仆地，竟不起，其无状至此。李仁甫亦恶其为人，弗与交，请谒尝瞰其亡。一日知其出，往见之，则实未尝出也。既见，韩延入书屋而请曰："平日欲一攀屈而不能，今幸见临，姑解衣盘礴可也。"仁甫辞再三，不获，遂为强留。室有二厨贮书，牙签黄袟，扃护甚严。仁甫问："此为何书？"答曰："先人在军中日，得于北方。盖本朝野史，编年成书者。"是时仁甫方修《长编》，既成，有诏临安给笔札，就其家缮录以进。而卷帙浩博，未见端绪，彦古常欲略观不可得。仁甫闻其言窘甚，亟欲得见之。则曰："家所秘藏，将即进呈，不可他示也。"李益窘，再四致祷。乃曰："且为某饮酒，续当以呈。"李于是为尽量，每杯行辄请。至酒罢，笑谓仁甫曰："前言戏之耳。此即公所著《长编》也。已为用佳纸作副本装治，就以奉纳，便可进御矣。"李视之，信然。盖阴戒书吏传录，每一板酬千钱，吏畏其威，利其赏，辄先录送韩所，故李未成帙而韩已得全书矣。仁甫虽愤愧不平，而亦幸蒙其成，竟用以进。其怙富玩世，狡狯每若此。
今之官吏亦有过此者。

松　五　粒

凡松叶皆双股，故世以为松钗。独栝松每穗三须，而高丽所产每穗乃五鬣焉，今所谓华山松是也。李贺有《五粒小松歌》，陆龟蒙诗云"松斋一夜怀贞白，霜外空闻五粒风"，李义山诗"松暗翠粒新"，刘梦得诗"翠粒点晴露"，皆以粒言松也。《酉阳杂俎》云：五粒者，当言鬣。自有一种名五鬣，皮无鳞甲而结实多，新罗所种云然。则所谓粒者，鬣也。

唐　重　浮　屠

唐世士大夫重浮屠，见之碑铭，多自称弟子，此已可笑。柳子厚《道州文宣庙记》云："《春秋》师晋陵蒋坚，《易》师沙门凝辩。"安有先

圣之宫,而可使桑门横经于讲筵哉?此尤可笑者。然《樊川集》亦有
《燉煌郡僧正除州学博士僧慧苑除临坛大德制》,则知当时此事不以
为异也。

葵

今成都面店中呼萝蔔为葵子,虽曰市井语,然亦有谓。按《尔雅》
曰:"葵,芦葩也。"郭璞以菔为葩,俗呼雹葖,先北反。或作葍,释曰:
"紫花松也,一名葵,盖其性能消食、解面毒。"《谈苑》云:江东居民岁
课艺,初年种芋三十亩,计省米三十斛。次年种萝葩三十亩,计益米
三十斛,可见其能消食。昔有婆罗门僧东来,见人食面,骇云:"此有
大热,何以食之!"及见萝葩,曰:"赖有此耳。"《洞微志》载齐州人有
《病狂歌》曰:"五灵叶盖晚玲珑,天府由来汝府中。惆怅此情言不尽,
一丸萝葩火吾宫。"后遇道士作法治之,云:"此犯天麦毒,按医经芦葩
治面毒。"即以药并萝葩食之,遂愈,以其能解面毒故耳。

乞食歌姬院

韩熙载相江南,后主即位,颇疑北人,有鸩死者。熙载惧祸,因肆
情坦率,不遵礼法,破其家财,售妓乐数百人,荒淫为乐,无所不至。
所受月俸,至不能给,遂敝衣破履作瞽者,持弦琴,俾门生舒雅执板挽
之,随房乞丐,以足日膳。后人因画《夜宴图》以讥之,然其情亦可哀
矣。唐裴休晚年亦披毳衲于歌姬院,持钵乞食,不为俗情所染,可以
说法为人。乃知熙载之前,已有此例。虽裴公逃禅,熙载避祸,余谓
熙载是世法,裴公是心法,心迹不同也。

袁彦纯客诗

袁彦纯同知始以史同叔同里之雅,荐以登朝,尹京。既以才猷自
结上知,遂鑢文昌跻宥府,寖寖乎柄用矣。适诞辰,客有献诗为寿,

云：“见说黄麻姓字香，且将公论是平章。十年旧学资犹浅，二纪中书老欲僵。刑鼎岂堪金锁印，仙翁已在白云乡。太平宰相今谁是，惟有当年召伯棠。”刑鼎指薛，盖以金科赐第。仙翁指葛，时已七十。旧学则郑安晚也。此诗既传，史闻恶之，旋即斥去。

长 沙 茶 具

长沙茶具，精妙甲天下。每副用白金三百星或五百星，凡茶之具悉备，外则以大缕银合贮之。赵南仲丞相帅潭日，尝以黄金千两为之，以进上方，穆陵大喜，盖内院之工所不能为也。因记司马公与范蜀公游嵩山，各携茶以往。温公以纸为贴，蜀公盛以小黑合。温公见之，曰：“景仁乃有茶具耶？”蜀公闻之，因留合与寺僧而归。向使二公见此，当惊倒矣。

真 西 山 入 朝 诗

真文忠负一时重望，端平更化，人傒其来，若元祐之涑水翁也。是时楮轻物贵，民生颇艰，意谓真儒一用，必有建明，转移之间，立可致治。于是民间为之语曰：“若欲百物贱，直待真直院。”及童马入朝，敷陈之际，首以尊崇道学，正心诚意为一义，继而复以《大学衍义》进。愚民无知，乃以其所言为不切于时务，复以俚语足前句云：“吃了西湖水，打作一锅面。”市井小儿，嚣然诵之。士有投公书云：“先生绍道统，辅翼圣经，为天地立心，为生民立命。愚民无知，乃欲以琐琐俗吏之事望公，虽然，负天下之名者，必负天下之责。楮币极坏之际，岂一儒者所可挽回哉？责望者不亦过乎！”公居文昌几一岁，泊除政府，不及拜而薨。

赵 子 固 梅 谱

诸王孙赵孟坚字子固，善墨戏，于水仙尤得意。晚作梅，自成一家,尝作《梅谱》二诗,颇能尽其源委,云:"逃禅祖花光,得其韵度之清丽。闲庵绍逃禅,得其萧散之布置。回视玉面而鼠须,已见工夫较精致。枝枝倒作鹿角曲,生意由来端若尔。所传正统谅未绝,舍此的传皆伪耳。僧定花工枝则粗,梦良意到工则未。女中却有鲍夫人,能守师绳不轻坠。可怜闻名不识面,云有江西毕公济。季衡粗丑恶拙祖,弊到雪蓬滥觞矣。所恨二王无臣法,多少东邻拟西子。是中有趣岂不传,要以眼力求其旨。踢须止七蕚则三,点眼名椒梢鼠尾。枝分三叠墨浓淡,花有正背多般蕊。夫君固已悟筌蹄,重说偈言吾亦赘。谁家屏幛得君画,更以吾诗跋其底。""浓写花枝淡写梢,鳞皴老干墨微焦。笔分三踢攒成瓣,珠晕一圆工点椒。糁缀蜂须疑笑靥,稳拖鼠尾施长梢。尽吹心侧风初急,犹把枝埋雪半消。松竹衬时明掩映,水波浮处见飘飖。黄昏时候朦胧月,清浅溪山长短桥。闹里相挨如有意,静中背立见无聊。笔端的皪明非画,轴上纵横不是描。顷觉坐来春盎盎,因思行过雨潇潇。从头总是汤杨法,挤下工夫岂一朝。"

笔　墨

先君子善书,体兼虞、柳。余所书似学柳不成,学欧又不成,不自知其拙,往往归过笔墨。谚所谓"不善操舟而恶河之曲"也。虽然,工欲善其事,必先利其器,泛观前辈善书者,亦莫不于此留意焉。王右军少年多用紫纸,中年用麻纸,又用张永义制纸,取其流丽便于行笔。蔡中郎非流纨丰素不妄下笔。韦诞云:"用张芝笔,左伯纸,任及墨,兼此三具,又得巨手,然后可以建径丈之字,方寸千言。"韦昶善书而妙于笔,故子敬称为奇绝。汉世郡国贡兔,惟赵为胜,欧阳通用狸毛笔。皇象云:"真措毫笔,委曲宛转,不叛散,尝滑密沾污,墨须多胶绀黟者,如此逸豫,余日手调适而欢娱,正可小展试。"世惟米家父子及薛绍彭留意笔札。元章谓笔不可意者,如朽竹篙舟,曲箸哺物,此最善喻。然则古人未尝不留意于此,独率更令临书不择笔,要是古今能事耳。

辨　章

今人呼平章为辨章,见《尚书大传·唐传》第一曰:"辨章百姓,百姓昭明。"《史记》则又以为"便章百姓"。韩文公《袁氏先庙碑》亦用"辨章"二字。

来　牟

今人呼小麦面为来牟,或曰牟粉,皆非也。《广雅》云:"牟为大麦,来为小麦。"然则来、牟自是两物。《说文》云:"大麦,牟也,牟,大也。牟一作麰。"周之所受瑞麦来牟,即今之大麦。按小麦生于桃后二百四十日,秀之后六十日成,秋种,冬长,春秀,夏实,具四时之气,兼有寒、温、热、冷。故小麦性微寒,以为曲则温,面则热,麸则冷。

父　客

世称父之友为执,则父之宾客宜何称? 按《史记·张耳传》外黄女"亡其夫,去抵父客"。《汉·吴王濞传》"周亚夫问父绛侯客"。东坡赠王定国诗云:"西来故父客。"正用此耳。父客二字甚新。

误 著 祭 服

余为国局,尝祠蜡,充奉礼郎兼大祝。同行事官有老谬者,乃加中单于祭服之上,而以蔽膝系于背间。一时见者,掩鼻忍笑不禁,几致失礼,竟为监察御史所劾。王明清《玉照志》载元符间有太学博士论奏云:"自来冠冕前仰后俯,此必是本官行礼之时倒戴差误。"哲宗顾宰臣笑曰:"如此等岂可作学官? 可与闲慢差遣。"遂改端王府记室。未几,感会龙飞,遂致揆席云。

向胡命子名

吴兴向氏，钦圣后族也。家富而俭不中节，至于屋漏亦不整治，列盆盎以承之。有三子，常访名于客，长曰涣，次曰汗，曰氼，古水字也。父不以为疑也。他日有连呼其名曰涣汗水，方悟为戏己。又胡卫道三子，孟曰宽，仲曰定，季曰宕，音荡。盖悉从宀。其后悼亡妻，俾友人作志，书曰："夫人生三子，宽定宕。"读者为之掩鼻。盖当时不悟为语病也。宽后为京金，宕则多收古物，其子公明悉献之贾师宪，得一官，以赃败。

贾 母 饰 终

甲戌咸淳十年三月二十日丁酉，贾似道母秦、齐两国贤寿夫人胡氏薨。特辍视朝五日，赐水银、龙脑各五百两，声锺五百杵，特赠秦、齐国贤寿休淑庄穆夫人。择日车驾幸临奠，差内侍邓惟善主管敕葬，特赐谥柔正。遂特起复，仍旧职，任仰执政侍从诣府劝勉，就图葬于湖山。且令帅、漕、州、司相视，展拓集芳园、仁寿寺基，营建治葬，于内藏库支赐赙赠银绢四千匹两，又令户部特赐赙赠银绢二千匹两，皇太后殿又支赐赙银绢四千匹两，又令帅、漕两司应办葬，仍存胡夫人在日请给人从，又赐功德寺额为"贤寿慈庆"，以雍熙寺改赐，永免科役。似道皆辞之。执政侍从两省台，皆乞勉留元臣。遂降诏贾似道起复太傅，平章军国重事。似道八疏控辞，皆不允。又令两司建造赐第于城中。初择六月初九日安厝，以急于入觐，遂令趱前于五月九日安厝。又令有司于出殡日，特依一品例给卤簿、鼓吹，仍屡差都司刘黻、李珏、梅应发致祭，并趣赴阙。于出殡日，特辍视朝一日，又差枢密章鉴、察官陈过前往勉谕回朝。又命浙漕及绍兴府守臣办集船只，只备师相回阙。又命有司照礼例候师相回朝日，百官合郊迎。又依所奏，将绍兴府公使库径行拨赐。又令内臣梁大原赐银合香药。又令两司踏逐建造赐第，凡九处：杨府清隐园，李府家庙，夏府，中酒库，十官宅，大王宫，旧秀王府，旧景献帝府，御厨营。又命福王谕旨趣之。至五月二十二日，始过江还湖曲私第，至六月尽百日之制，复以疾作，给朝参等假十日，展转迟回。至七月初八日，度宗违和，求草泽赦死罪，初九日宣遗诏。十一月除王钥左丞相，章鉴右丞相。太史选用来年正月二十三日起攒，二月初三日发引，三月十三日掩攒。至十二月十四日北军透渡，遂改十二月二十四日起攒，二十八日发引，总护使改差章右相。降制贾似道都督诸路军马，依旧起复太傅，平章军国重事。凡自三月二十日至七月，度宗升遐，贾相持丧、起复、辞免，虚文汩汩，殆无虚日。如此三阅月，内外不安，而国事边事皆置不问。至十二月十四日透渡，自此丧乱相寻，无复可为矣，悲哉！

孝宗行三年丧

三年之丧，自天子达于庶人。自汉文短丧，其后时君皆以日易月，行之既久，无以为非者。惟孝宗皇帝行之独断，一旦复古，可谓孝矣。《李氏杂记》尝书其事，甚略，今摭当时始末于此，以益国史之未备云："高宗之丧既易月，孝宗常谕大臣，不用易月之制，如晋武、魏孝文，实行三年之服，自不妨听政。丞相周必大入奏，上服缞绖，呜咽流涕，奏及丧服指挥，上曰：'司马光《通鉴》所载甚详。'必大奏晋武虽有此意，后来止是宫中深衣练冠，上曰：'当时群臣不能将顺其美，光所以讥之，后来武帝竟行。谓王太后之丧。'必大奏记得亦是不能行。上曰：'自我作古，何害？'遂诏曰：'大行太上皇帝奄弃至养，朕当衰服三年，群臣自遵易月之令。'至小祥祭奠，上不变服，必大奏圣孝过哀，犹御初祥之服，臣等不胜忧惶，乞俯从礼制。上流涕曰：'大恩难报，情所不忍，俟过大祥商量。'既而必大又奏礼官苴麻三年，恐难行于外庭，今祥禫在迩，乞付外施行。枢密施师点奏曰：'百日之制，其实不可行，正碍正月人使朝见。'上云：'朕自所见。'必大奏陛下圣孝冠古，知汉文短丧之失，而陋晋群臣不能成武帝之美，所以锐意复古，非圣孝高明，岂易及此！上曰：'朕正欲稍救千余载之弊。'会敕令所删定官沈清臣谕丧服六事，凡八千言，展读甚久，极合上意。知阁张嵲奏已展正引例隔下，清臣奏读如初，久之，嶷又云：'简径奏事。'上目之，令勿却。已而甚久，嶷前奏：'恐妨进膳。'清臣正色曰：'言天下事，读竟乃已。'上劳之曰：'卿二十年闲废，今不枉矣。'于是上意益坚。一日奏事，上忽指示衣袂曰：'此已易用布，不太细否？'必大奏曰：'陛下独断行三年之丧，均是布衣，何细也？且光尧初上仙，陛下便有此意，而群臣不能将顺，致烦圣虑，所谓其臣莫及，足以垂训万世矣。'至，卒哭，祭迎祔太庙。内批：'朕昨降指挥，欲缞绖三年，缘群臣屡请，御殿易服，故以布素视事。内殿虽有祔庙，勉从所请之诏，然稽之经典，心实未安。行之终制，乃为近古，宜体至意，勿复有请。'于是径行三年之服焉。"

施 行 韩 震

德祐元年乙亥正月，贾平章似道督府出师时，平昔爱将已有叛去者，贾闻之，气大馁。临行，与殿帅韩震、京尹曾渊子约曰："或江上之师设有蹉跌，即邀车驾航海至庆元，吾当帅师至海上迎驾，庶异时可以入关，以图兴复。"且留其二子于震家，使仓卒可以随驾。时省吏翁应龙实知其谋。至二月二十日，督府溃师于鲁港，翁应龙得罪下狱，翁谓曾尹曰："平章出师时，分付安抚道甚么来？如今却来罪应龙，何也？"于是渊子语塞，而震亦不自安。会似道以蜡书至韩，趣为迁避，其间有云："但得赵家一点血，即有兴复之望。"震得之，即具申状，亲携蜡书白堂白台，陈丞相宜中遂奏之太后，宫中为之震动。时都民、戚里、宫寺往往皆欲苟安，疑惑撼摇，目之为贼。宜中本为似道所引，至是与编修官潘希圣谋，一反贾政，专以图守为说。震不察其意，乃坚持迁避之策。三月朔日，宜中召震会议于第五府，先已差天府增级顾信等数人以拟之，及震至，门阖，即以铁挝击其首。韩曰："相公不当如此。"陈答曰："此奉圣旨。"韩犹以坐椅格之，遂折其足胫而毙之。遂自后门舁出，揭其首于朝天门。省吏刘应韶即以黄榜自窗槛中递出张挂，慰谕一行将士，谓罪止诛其首。亟命彭之才统其军马，其随行亲兵，赐银二万两，十八官会三十万贯，各补两官。殿步马司制领将官等并诸军官兵，共特赐十八官会一百万贯，兵各补两官。其日坐中惟文及翁金书及曾渊子在焉。渊子固尝预迁避之谋，闻变，面无人色。继而得免而出，自庆再生，行至通衢，复有呼召，仓忙而入，自分必死，口噤几不能言。及至，乃处分他事耳。刘应龙以衢倅赏，顾信补承信郎，继而潘希圣入察行，且登用。未几，疽发于足，日见韩在左右，不数日而殂。身后以从官赏之。潘字养蒙，永嘉人。及北军既入，宜中乃挟二王航海而去，然则贾、韩之谋，是非果何如耶？后之秉笔削者，当有以任其责乎？

后集

理　宗　初　潜

　　穆陵之诞圣前一夕,全夫人欲归东浦母家,荣文恭王时待次。闽县尉遣仆平某者,即平幕使之父也,赎黑神散与之同往。时天尚未晓,启门则见甲士盈门,意谓过军,亟惊入报。尉曰:"军行自应由上塘,何缘至此?"遂出观之,了无所睹。方舣小舟,欲登,忽有大黑蛇有两小角,压船舷而卧,船为之侧,疑其有异,遂不复往。未几诞男,即理宗也,小字乌孙,以蛇异也。其初被选也,史卫王当国,先命赵宗丞希言与权之,并选宗室子"与"号十岁已下者,各与课算五行,于是就其中选到十人。与膺、与爽、与休、与蔽、与应、理宗、福王。时侍郎王宗与权善五星,指理宗、福王二命谓卫王曰:"二者皆帝王之命也。"于是理宗改训与莒,福王改训与芮,盖取二国以为名也。始下大宗正司尽召十人,时入和尚师禹领宗司皆伺于王府土地祠,久之皆馁,遂就市肆呼面。方及门而柈覆地,众方馁甚,交责之,独穆陵凝然略不变色,反以言慰藉之。史相闻其事,遂大异之。既而,私引入书院中试,令写字,即大书"朕闻上古",卫王栗而起曰:"此天命也。"于是立储之意已定云。

魏　子　之　谤

　　魏峻字叔高,号方泉,娶赵氏,乃穆陵亲姊四郡主也。理宗第六,福王第八。庚午岁得男,小字关孙,自幼育于绍兴之甥馆。实慈宪全夫人之爱甥也。慈宪每于禁中言其可喜,且为求官。穆陵以慈宪之故,欲一见而官之,遂俾召至皇城。法凡异姓入宫门,必县牌于腰乃可,惟宗子则免,此一时权宜,遂令假名孟关以入见焉。时度宗亦与之同入宫,欲其故,遂倡为魏太子之说。既而外廷传闻浸广,于是王伯大、吴毅夫得其事,遂形奏疏,而四方遂有魏紫姚黄之传。其实则不然也。关孙后溺死于荣邸瑶圃池中,魏洪则自地以继关孙之后焉。当吴毅夫为相日,穆陵将建储,吴不然之,欲别立汗邸,承宣专任方甫以通殷勤。吴以罪去国。绍陵既为皇子,尝遣人俟于汗邸,欲杀之。方知之,乃自后门逃去,后为谢堂捕之,送兵马司,自刎而死。此事福王亲闻之穆陵云。

徽 宗 梓 宫

徽宗、钦宗初葬五国城,后数遣祈请使,欲归梓宫。六、七年而后许以梓宫还行在。高宗亲至临平奉迎,易缌服,寓于龙德别宫,一时朝野以为大事。诸公论功受赏者几人,费于官帑者大不赀。先是,选人杨炜贻书执政李光,以真伪未辨。左宣义郎王之道亦贻书谏官曾统,乞奏命大臣取神椟之下者斫而视之。既而礼官请用安陵故事,梓宫入境,即承之以椁,仍纳衮冕翚衣于椁中,不改敛。遂从之。近者杨髡盗诸陵,于二陵梓宫内略无所有。或云止有朽木一段,其一则木灯檠一事耳。当时已逆料其真伪不可知,不欲逆诈,亦聊以慰一时之人心耳。盖二帝遗骸飘流沙漠,初未尝还也,悲哉!

成 均 旧 规

成均旧规,后来不复可见矣。谩言所知者数则于此,亦可想见当时学校文物之盛,庶异日复古或有取焉。大学私试,以孟、仲、季分为三场,或司成无暇,则并在岁晚。有公试则无私试,试为监中司成命题,就差学官充考校封录之职,不复经由朝廷。至第三日即揭晓,每十人取一,孤经则二三人亦取二名。第一等常缺。第二等谓之放等,魁当三分,第二名二分半。第三等魁二分,率从第二三取起,魁二分,第二、第三一分半,第四、第五一分三厘,余并一分。太学公试,遇省试年则在省试后二月下旬,凡引试二日。经赋一日,论策一日。非省试年分，则随铨试后引试，系朝廷差官，士子则襕幞入试。大约七人取一，第一等缺。第二等约二十人取一，余约七人取一，第四、第五并一分。公试魁纵不该升补，他日登第，亦是部注教官。若三名前，例是教官。有外校次年公试中第二等，谓之入等升，又谓之正升。或外舍成校人前一年已中第三等，本年再中第三等，谓之本等升。或外舍成校定人前一年中第四等，本年中第三等，谓之进等升。若先在三而今在四，谓之退舍，不能成事。此外又有追补法。前一年或不成校，本年忽中公试第二等，名为入等。却用本年私试，二场并得。如中魁，亦当一场，谓之追升，可以陈乞追升内舍。或止中两场则无用。又前一年外校八分以止，或优本年公试，不同得失，得之升榜。若下就试者非内舍校定，以升补做内舍校定者，一年止有两试。一试中则又试两试，若一年两试俱失，谓之折脚，不复试第三试。以三试不中，则当退舍。每年二十一人，或于内有未升上舍而过省者，或有事故者，许二十一人之后分数少者，依资次来鬻校。如正升内外舍人，亦用状射，某人已成事，缺新升内舍。一年无两升，纵当年上舍试入优，止理为内舍校定，不可升上舍。内舍一年无三色试，已试公试者，不许赴私试；已试私试者，不许赴公试。上舍试每三人取一人，优等十人，赋三，书二，余经各一。通榜魁十分，亚鼎各九分，余七名并八分，平六分。内舍未有校定，本年中舍平等者，理为内校。升补上舍有三等。内舍平校试舍试平等，或内舍优校，不中上舍试，或有季无校定，试入上舍试优等，亦与随榜升补下等上舍。谓之赤脚升，其升补名字依上舍试榜资次。盖舍试压公试，内舍新升及无季人虽中舍试，只作内校分数。然舍试一中优等八分，平等六分，五名以前，又有加分，尽可赶优。或前一年已有平校，本年有平等，上舍试入两中舍试平等，已上谓之俱平，或一优一否，皆为下等上舍。谓如内舍优校人试入上舍试平等，或上舍平校人试入上舍优等，当举免省到殿。元有求免人理作升甲用，已升甲者升名，谓之一优一平为中等上舍，谓如内舍优校人又中上舍试优等，以优中优皆是释褐，不拘名数，先赐进士出身，谓之上等上舍，法注教官。续有此附黄甲第三人恩例，注推官，自方熙孙始。当年间有内舍优校，内优三，人当年积八分已上者，可成舍试。次年自分已上者，不可成。偶舍试当年分人多，亦止以三人为限，第四名纵积十分，亦不理。若以优中优，则谓之两优状元。其试两年一次，率在季秋，圣旨差官命极难之题，重于省试。优校赴舍试，如不中，守三年后径到殿中，平即免省到殿。平校人赴舍试，中优即赴殿。自甲子年后，上舍人多陈乞解褐出身，不到殿，应当举免解，次举免省赴殿，谓之待年。若本自免解，谓之两免相充，此学法也。或本未免解，当年实请免，谓之请免相衡，并相衡免省赴殿。国子生寄理法，国子生补入者，升补内舍，谓之寄理内舍。升补上舍，谓之寄理上舍。未许行正食，止借一日食而已。升中等、下等上舍，合后到殿者，未许到殿，直待元牒主补外方，理为正行食，及许到殿。以此牒官有请一月或半月暇者，盖欲其早成事故耳。解褐舍法，下等上舍先免解，后免省，待三年后到殿。中等上舍径到殿，或特旨径行解褐。释褐恩数成而优者，谓之状元。择日于崇化堂鸣鼓集众诸生，两廊序坐，学者穿秉立堂上，状元亦襕幞立，同舍班俟揖。揖讫，诣堂下香案前，面东南望阙谢恩，跪受敕黄，再拜。次入幕换公裳，其所换下之衣，尽为斋仆持去，以利市。再至阶上，面西北再拜谢恩。毕，与学官同舍讲拜者，再次诣忠文庙。次诣直舍，通门状谢学官，亦止称其斋学生，再拜，遂归本斋团拜。次诣诸斋谢，亦称同舍生，不书斋名。礼毕，到堂上换衫帽，与学官相见交贺。监中备酒七杯，次本斋三杯。讫，临安府差到客将，备轿马、从人、差帽，迎至祥符寺状元局。凡学夫、斋仆以次，平日趋走之人，皆以大小黄旗，多至数百面，呵喝状元，与唱名一同。遂择日谒先圣。其局钱酒支用，并天府应办。次日，谢宰执台谏，然后部中送缺，初任文林郎、节察推官，视殿试第三人恩例。谢宰相，用启事，见主司，有拜礼。太学解试与舍试无相干。太学十人取三人，若参未满年，七人取一人，系不满年太学生。升补一请求免，已经特恩正免，又一请者亦免。曾于方州请举不改名者，谓之带胎入学，异时于学中请者亦免。在学三十年，公私试曾一中者，永免在学，曾一请后二十日永免。太学解试都魁，虽不升舍，将来在第，亦许升甲，部注教官。

光　斋

太学先达归斋,各有光斋之礼,各刻于斋牌之上。宰执则送真金碗一只,状元则送镀金魁星杯桮一副,帅漕新除,各斋十八界二百千、酒十尊。

诸斋祠先辈

太学诸斋各祠本斋之有德行者:存心斋、果行斋并祠粟斋巩丰,循理斋祠慈湖杨简,果行斋祠李绍,观化斋祠梅溪王十朋、菊坡崔与之。

学　规

学规五等。轻者关暇几月,不许出入,此前廊所判也。重则前廊关暇,监中所行也。又重则迁斋,或其人果不肖,则所迁之斋亦不受,又迁别斋,必须委曲人情方可,直须本斋同舍力告公堂,方许放还本斋,此则比之徒罪。又重则下自讼斋,则比之黥罪,自宿自处,同舍亦不敢过而问焉。又重则夏楚屏斥,则比之死罪。凡行罚之际,学官穿秉序立堂上,鸣鼓九通,二十斋长渝并襕襆,各随东西廊序立,再拜谢恩,罪人亦谢恩。用一新参集正宣读弹文,又一集正权司罚,以黑竹篦量决数下,大门甲头以手对众,将有罪者就下堂毁裂襕衫押去,自此不与士齿矣。

太学文变

南渡以来,太学文体之变,乾、淳之文,师淳厚,时人谓之"乾淳体"。人材淳古,亦如其文。至端平江万里习《易》,自成一家,文体几于中复。淳祐甲辰,徐霖以书学魁南省,全尚性理,时竞趋之,即可以钓致科第功名。自此，非《四书》、《东西铭》、《太极图》、《通书》、《语录》不复道矣。至咸淳之末，江东李谨思、熊瑞诸人倡为变体，奇诡浮艳，精神焕发，多用庄、列之语，时人谓之换字文章，对策中有"光景不露"、"大雅不浇"等语，以至于亡，可谓文妖矣。此则有商量。

两　学　暇　日

太学上巳暇一日，武学则三日；清明太学三日，武学乃一日，殊不可晓。

学　舍　燕　集

学舍燕集必点妓，乃是各斋集正自出帖子，用斋印，明书"仰弟子某人到何处祗直本斋燕集"。专有一等野猫儿卜庆等十余人，专充告报，欺骗钱物，以为卖弄生事之地。凡外欲命妓者，但与斋生一人相稔，便可借此出帖呼之。此事不知起于何时，极于无义，乃所以起多事之端也。

三　学　之　横

三学之横，盛于景定、淳祐之际。凡其所欲出者，虽宰相台谏，亦直攻之，使必去权，乃与人主抗衡。或少见施行，则必借秦为喻，动以坑儒恶声加之，时君时相略不敢过而问焉。其所以招权受赂，豪夺庇奸，动摇国法，作为无名之谤，扣阍上书，经台投卷，人畏之如狼虎。若市井商贾，无不被害，而无所赴诉。非唯京尹不敢过问，虽一时权相，如史嵩之、丁大全，不恤行之，亦末如之何也。大全时极力与之为敌，重修丙辰监令，榜之三学，时则方大猷实有力焉。其后诸生协力合党以攻大全，大全终于得罪而去。至于大猷，实有题名之石，磨去以为败群之罚。自此之后，恣横益甚。至贾似道作相，度其不可以力胜，遂以术笼络。每重其恩数，丰其馈给，增拨学田，种种加厚，于是诸生唉其利而畏其威,虽目击似道之罪,而噤不敢发一语。及贾要君去国,则上书赞美,极意挽留,今日曰"师相",明日曰"元老",今日曰"周公",明日曰"魏公",无一人敢少指其非。直至鲁港溃师之后,始声其罪,无乃晚乎!盖大全之治三学,乃惩嵩之之不敢为。似道之不敢轻治,乃监大全之无能为。至彭成大之为前廊,竟摭为平日之赃,决配南恩州,学舍寂不敢发一语,此其术亦有过人者。

贾相制外戚抑北司戢学校

似道误国之罪,上通于天,不可悉数。然其制外戚、抑北司、戢学校等事,亦是所不可及者,固不可以人而废也。外戚诸谢,惟堂最深崄,其才最颉颃难制。似道乃与之日亲狎而使之不疑,未几不动声色,悉皆换班,堂虽知堕其术中,然亦末如之何矣。北司之最无状者董宋臣、李臣辅,前是当国者,虽欲除之,往往反受其祸。似道谈笑之顷,出之于外,余党慴伏,惴惴无敢为矣。学舍在当时最为横议,而唉其厚饵,方且讼盛德、赞元功之不暇,前庑一得罪,则黥决不少贷,莫敢非之。福邸,帝父也,略不敢以邪封墨敕以丐恩泽,内庭无用事之人,外阃无怙势之将,宫中、府中俱为一体。凡此数事,世以为极难,而似道乃优为之,谓之无才,可乎?其所短者,专功而怙势,忌才而好名,假崇尚道学、旌别高科之名,而专用一等委靡迂缓不才之徒,高者谈理学,卑者矜时文,略不知兵财政刑为何物。垢面弊衣,冬烘昏愦,以致靡烂渐尽而不可救药。此皆不学而任术,独运而讳言之罪也。呜呼!古人以集众思、广忠益为相业,真万世之名言也软!

祠　　神

太学除夜各斋祀神,用枣子、荔枝、蓼花三果,盖取"早离了"之谶。遇出湖,则多不至三贤堂,盖以乐天、东坡、和靖为"落酥林"故也。可发一笑。

簿 录 权 臣

前后权臣之败,官籍其家,每指有违禁之物为叛逆之罪。若韩侂
胄家有翠毛茵褥、虎皮,及有织龙男女之衣,及有穿花龙团之类是也。
近世籍贾似道,至以藉御书、龙团锦袱之类为违法。此则大不然。盖
大臣之家平日必与禁苑通,往往有赐与,帝后之衣谓之御退,衣服皆
织造龙凤,他如御书,必藉以龙锦,又何足为异。余妻舍有两朝赐物
甚多,亦皆龙凤之物。至于御退罗帕,四角皆有金龙小印,凡数十枚,
亦皆御前之物,诸阁分递相馈,无足怪者。今若一切指此为违法,恐
不足以当其罪,适足以起识者之笑耳。大臣误国,其罪莫大,以此为
罪,死魄游魂,不得而逃。若借此以重其罪,则恐九原有知,反得以有
辞耳。昔侂胄败,捕其党于大理狱,狱吏加以不道,欲以违法诸物文
致之。大理卿奚逊明其不然,曰:"侂胄首兵权,自有定罪,若欲诬之
以叛逆,天不可欺也。"庙堂无以夺其议。

韩 平 原 之 败

韩平原被诛之夕,乃其宠姬四夫人诞辰,张功甫移庖大燕,至五
更方散,大醉几不可起。干办府事周筠以片纸入投云:"闻外间有警,
不佳,乞关阁门免朝。"韩怒曰:"谁敢如此!"至再三,皆不从。乃盥栉
取瑞香番罗衣一袭衣之,登车而往。旋即殿司军已围绕府第矣。是
夕所用御前乐部伶官皆闭置于内,饥饿三日始放去。时赵元父祖母
蕲国夫人徐氏与其母安部头皆在府中,目击其事。其后斥卖其家所
有之物,至于败衣破絮,亦各分为小包,包为价若干。时先妣母谩以
数券得一包,则皆妇人弊鞋也。方恚恨以为无用,欲弃之,疑其颇重,
则内藏大北珠二十粒。盖诸婢一时藏匿为逃去之计,适仓惶遗之
云耳。

马 相 去 国

　　咸淳甲戌之夏,丞相番阳马公廷鸾字翔仲,以翻胃之疾,乞去甚苦,凡十余疏,始得请,则疾已棘矣。以暑甚病危,不可即途,遂出寓于六和塔。余受公知,间日必出问之。时公偃仰小榻,素无姬妾,止一村仆煮药其傍。尝凄然谓余曰:“吾家素贫,少年应南宫之试,止草履襪被而已。一日道间馁甚,就村居买螺蛳羹,泡蒲囊中冷饭食之,遂得此疾。既无力治药,朋友怜之者以二陈汤服之,良愈。是岁窃冒省魁。后为两制日,疾复作,医者复以丁香草果饮,亦三两服即愈。因念前疾之所以不死者,盖有后来之功名故也。今承乏庙堂,分量极矣,过矣。今疾复作而众药不效,势无生理必矣。所恨者时事日异,无以报国为不满耳。”因泣下数行。然贾师宪终疑其托疾引去,欲相避者,因奏知自出关访问之,其实觇之也。及见其骨立羸然,乃始惊曰:“碧梧乃真病也!”次日奏闻,以大观文知乡郡,以荣其归,且特赐东园秘器,以为沿途缓急之备。公即日舆疾以归,及还番阳,疾乃安,阅月而全愈。未几,以吴坚为相。是冬北军渡江,督府军溃,而国随以亡矣。使公不病,病不亟,则位不可释,位不可释,则奉玺狩北之责,公实居之。今乃以疾而归,归而疾愈,安处山林,著书教子者,凡十四年而后薨。此非天相吉德,曲为之庇,安能若是哉!公尝自著《番阳遗老传》,及门人所述年谱,备载出处之详,兹不赘云。

荔 枝 梅 花 赋

　　唐舒元舆《牡丹赋序》云:“吾子独不见张荆州之为人乎? 斯人信丈夫。然吾观其文集之首有《荔枝赋》焉。荔枝信美矣,然而不出一果,所与牡丹何异? 但问其所赋之旨何哉?”皮日休《桃花赋序》云:“余尝慕宋广平之为相,贞姿劲质,刚态毅状,疑其铁肠与石心,不解吐婉媚辞。然睹其文而有《梅花赋》,清便富艳,得南朝徐、庾体,殊不类其为人也。”二序意同。《梅花赋》人皆知之,《荔枝赋》则人未有用之者,何耶? 然《梅花赋》今不传,近徐子方以江右所刊者出观,其文猥陋,非惟不类唐人,亦全不成语,不善于作伪者也。

金 龟 称 瑞

真宗东封回,至兖州回銮驿覃庆桥醮,赐辅臣、亲王、百官宴于延寿寺。有金龟集游童衣袂,大如榆荚。丁谓以献,上命中使赍示群臣。余为儿童时,侍老大夫为建宁漕属官,廨后多草莽,其间多有此物,有甲能飞,其色如金,绝类小龟,小儿多取以为戏,初非难得之物也。鹤相善佞而欺君,乃遽指以为祥瑞,载之史册,真可发后世一笑也。

许 占 寺 院

南渡之初,中原士大夫之落南者众,高宗愍之,昉有西北士夫许占寺宇之命。今时赵忠简居越之能仁,赵忠定居福之报国,曾文清居越之禹迹,汪玉山居衢之超化。他如范元长、吕居仁、魏邦达甚多。曾大父少师亦居湖之铁观音寺,后迁天圣寺焉。

须 属 肾

医家之论人须、眉、发,皆毛类,而所主五脏各异,故老而须白眉发不白者,脏气有所偏故也。大率发属于心气,如火气,故上生。须属肾气,如水气,故下生。眉属肝,故侧生。男子肾气外行,上为须,下为势,故女子、宦人无势,亦无须,而眉发无异男子,则知不属肾也。此沈存中所记如此。余老来每掀髯,则须或易脱,每疑为肾气衰乏使然,今益知此说为信。

短 小 精 悍

短小精悍之称凡数人,如《史记》之郭解,前汉之严延年,唐之李绅是也。

纲目用武后年号

余向闻林竹溪先生云："欧公修《唐书》，作《武后纪》，依前汉例也。天授以后，唐虽改号为周，而史不以周新之，盖黜之也。晦翁病其唐经乱周，史遂有嗣圣二十四年之号，年之首书曰：'帝在某。''帝在某'，盖以《春秋》之法正名也。每年之下又细书武氏所改年号，垂拱则曰武氏垂拱，天授则曰周武氏天授，此意甚严。但武氏既革唐命，国号为周，既有帝而又有周，有周则无唐矣，无唐则无帝矣。同一疆域也，而帝与周同书，则民有二王、天有二日矣，岂无窒碍？若《春秋》'公在乾侯'，则鲁国未尝有他号。"

游阅古泉

至元丁亥九月四日，余偕钱菊泉至天庆观访褚伯秀，遂同道士王磐隐游宝莲山韩平原故园。山四环皆秀石，绝类香林、冷泉等处，石多穿透崭绝，互相附丽。其石有如玉色者，闻匠者取以为环珥之类。中有石祺，杳而深，泉涓涓自内流出，疑此即所谓阅古泉也。祺傍有开成五年六月南岳道士邢令开、钱塘县令钱华题名，道士诸葛鉴元书，镌之石上。又南石壁上镌佛像及大字《心经》，甚奇古，不知何时为火所毁，佛及残缺。又一洞甚奇，山顶一大石坠下，傍一石承之，如饾饤然。又前一巨石不通路，中凿一门，门上横石梁。又有一枯池，石壁间皆细波纹，不知何年水直至此处。然则今之城市，皆当深在水底数十丈矣。深谷为陵，非寓言也。其余磴道、石池、亭馆遗迹，历历皆在，虽草木残毁殆尽，而岩石秀润可爱。大江横陈于前，时正见湖上如疋练然，其下俯视，太庙及执政府在焉。山顶更觉奇峭，必有可喜可噩者，以足惫，不果往。且闻近多虎，往往白昼出没不常，遂不能尽讨此山之胜，故书之以谂好事之寻游者。

种 竹 法

尝闻九曲寺明阇黎者言种竹法云："每岁当于笋后，竹已成竿后即移，先一岁者为最佳。盖当年八月便可行鞭，来年便可抽笋，纵有夏日，不过早晚以水浇之，无不活者。若至立秋后移，虽无日晒之患，但当行鞭之际，或在行鞭之后，则可仅活，直至来秋方可行鞭，后年春方始抽笋。比之初夏所移，正争一年气候。"此说极为有理。

律 文 去 避 来

律云"去避来"之文，最为难晓。太宗尝问孔恭承曰："令文宗贵贱长轻重，各有相避，何必又云去避来，此义安在？"恭承曰："此必戒于去来者，互相回避耳。"上不然，曰："借使去来相避，此义止是憧憧于通衢之大路，人密如交蚁，乌能一一相避？但恐律者别有他意耳。"余尝扣之棘寺老吏，云："所谓去避来者，盖避自我后来者，以其人自后奔走而来，此必有急事故耳，故当避之也。"此语亦甚有理。

廖 莹 中 仰 药

贾师宪还越之后，居家待罪，日不遑安。翘馆诸客悉已散去，独廖群玉莹中馆于贾府之别业，仍朝夕从不舍。乙亥七月一夕，与贾公痛饮终夕，悲歌雨泣，到五鼓方罢。廖归舍不复寝，命爱姬煎茶以进，自于笈中取冰脑一握服之。既而药力不应，而业已求死，又命姬曰："更欲得热酒一杯饮之。"姬复以金杯进酒，仍于笈中再取片脑数握服之。姬觉其异，急前救之，则脑酒已入喉中矣，仅落数片于衣袂间。姬于是垂泣相持，廖语之曰："汝勿用哭我，我从丞相，必有南行之命，我命亦恐不免。年老如此，岂能复自若？今得善死矣。吾平生无负于主，天地亦能鉴之也。"于是分付身后大概，言未既，九窍流血而毙。

先　君　出　宰

先君子于绍定四年辛卯，出宰富春，九月到任。未几，值慈明太后上仙，应办梓宫，百色之冗，先子优为之，略无科扰，民称之为"周佛子"。撙节浮费，百废俱举，修建县学，一新释奠祭器，刻之于石。又重定释奠仪，重建合江驿。驿后为大阁，扁曰"清涵万象"。辟县圃，凿池建堂。适有双莲之瑞，因名之曰"合香"，取古诗"风合雨花香"之句。壬辰岁，余实生于县斋。其时李文清方闲居于邑中，其家强干数十，把握县道，难从之请，盖无虚月。先人惟理自循，不能一一尽奉其命也，以此积怨得罪焉。邑有官妓曰蔡闰，为文清所盼，每欲与之脱籍而未能。一日，酒边曰："此妓某未尘忝时，已见其在籍中矣。"意欲言其系籍已久也。先子因顾蔡曰："汝入籍几何时？今几岁矣？"蔡不悟，直述所以。考之则李公登科之岁，此妓方生十年耳。李不觉面发赤，以为先子有意于相窘，其实出于无心也，于是衔之。及入台，先子已满去，乃首章见劾焉。

向　氏　书　画

吴兴向氏，后族也。其家三世好古，多收法书、名画、古物，盖当时诸公贵人好尚者绝少，而向氏力事有余，故尤物多归之。其一名士彪者，所畜石刻数千种，后多归之吾家。其一名公明者，呆而诞，其母积镪数百万，他物称是，母死专资饮博之费。名画千种，各有籍，记所收源流甚详。长城人刘瑄，字困道，多能而狡狯。初游吴毅夫兄弟间，后遂登贾师宪之门。闻其家多珍玩，因结交，首有重遗。向喜过望，大设席以宴之，所陈莫非奇品。酒酣，刘索观书画，则出画目二大籍示之，刘喜甚，因假之归，尽录其副。言之贾公，贾大喜，因遣刘诱以利禄，遂按图索骏，凡百余品，皆六朝神品。遂酬以异姓将仕郎一泽公明，稛载之，以为谢焉。后为嘉兴推官，以赃败而死，其家遂荡然无孑遗矣。然余至其家，杰阁五间悉贮书画、奇玩，虽装潢锦绮，亦目所未睹。未论画也，佳研凡数百只，古玉印每纽必缀小事件数枚，凡贮十大合。有雪白灵壁石，高数尺，卧沙水道悉具，而声尤清越，希世之宝也。其他异物，不能尽数。然公明视之亦不甚惜，凡博徒酒侣至，往往赤手攫之而去耳。景定中，其祖若水墓为贼所劫，其棺上为一槅，尽贮平日所爱法书、名画甚多。时董正翁楷为公田，分得其《兰亭》一卷，真定武刻也。后有名士跋语甚多，其精神煜煜，透出纸外，与寻常本绝异，正翁极珍之。然尸气所侵，其臭殆不可近，虽用沉脑薰焙，亦不能尽去。或教之以檀香能去尸气，遂作檀香函贮之。然付之庸工装潢，颇为裁损，所谓金龟八字云。

误 书 庙 讳

胡石壁颖为宪日，尝出巡部。适一尉格目忘书名，胡大怒，遂批银牌云："县尉不究心职事，至于格目亦忘署名，可见无状。"追问，尉亦狡者也，遂作一状，录宪状判于前而空署字，以黄覆之。及就逮投状，胡见益怒云："汝尚敢侮我如此！"遂索元批银牌观之，则有署字，盖一时盛怒中所书，忘其庙讳也。于是径不敢问而遣之。

修 史 法

余尝闻李双溪献可云："昔李仁甫为《长编》，作木厨十枚，每厨作抽替匣二十枚，每替以甲子志之，凡本年之事，有所闻必归此匣，分月日先后次第之，井然有条，真可为法也。"

过 癞

闽中有所谓过癞者，盖女子多有此疾，凡觉面色如桃花，即此证之发见也。或男子不知，而误与合，即男染其疾而女瘥。土人既皆知其说，则多方诡作，以误往来之客。杭人有稽供申者，因往莆田，道中遇女子独行，颇有姿色，问所自来，乃言为父母所逐，无所归，因同至邸中。至夜，甫与交际，而其家声言捕奸，遂急窜而免。及归，遂苦此疾，至于坠耳、塌鼻、断手足而殂。癞，即大风疾也。

十二分野

世以二十八宿配十二州分野，最为疏诞。中间仅以毕、昴二星管异域诸国，殊不知十二州之内，东西南北不过绵亘一二万里，外国动是数万里之外，不知几中国之大，若以理言之，中国仅可配斗、牛二星而已。后夹漈郑渔仲亦云：“天之所覆者广，而华夏之所占者牛、女下十二国中耳。牛、女在东南，故释氏以华夏为南赡部州，其二十八宿所管者，多十二国之分野，随其所隶耳。”赵韩王尝有疏云：“五星二十八宿，在中国而不在四夷。”斯言至矣。

吹霎

“吹霎”二字，每见刘长卿用之，作伤寒感冷意，问之，则谩云出《汉书》，然莫可考也。继阅方书，于《香苈散证治》云：“吹霎，伤风头痛发热。”此必有所据也。

故都戏事

余垂髫时，随先君子故都，尝见戏事数端，有可喜者，自后则不复有之，姑书于此，以资谈柄云。呈水嬉者，以髹漆大斛满贮水，以小铜锣为节，凡龟、鳖、鳅、鱼皆以名呼之，即浮水面，戴戏具而舞。舞罢即沉，别复呼其他，次第呈伎焉。此非禽兽可以教习，可谓异也。又王尹生者，善端视，每设大轮盘，径四、五尺，画器物、花鸟、人物凡千余事，必预定第一箭中某物，次中某物，次中某物，既而运轮如飞，俾客随意施箭，与预定无少差。或以数箭俾其身射，命之以欲中某物，如花须、柳眼、鱼鬣、燕翅之类，虽极微眇，无不中之。其精妙入神如此，然未见能传其技者。又太庙前有戴主者，善捕蛇，凡有异蛇，必使捕之,至于赤手拾取如鳅、鳝然。或为毒蝮所啮,一指肿胀如椽,旋于笈中取少药糁之,即化黄水流出,平复如初。然十指所存,亦仅四耳。或欲捕之蛇藏匿不可寻,则以小苇管吹之,其蛇则随呼而至,此为尤异。其家所蓄异蛇,凡数十种,锯齿毛身,白质赤章,或连钱,或绀碧,或四足,或两首,或仅如称衡而首大数倍,谓之饭揪头,云此种最毒。其一最大者如殿楹,长数尺,呼之为蛇王。各随小大以筊篮贮之,日啖以肉,每呼之,使之旋转升降,皆能如意。其家衣食颇赡,无他生产,凡所资命,惟视吾蛇尚存耳,亦可仿佛豢龙之技矣。又尝侍先子观潮,有道人负一篓自随,启而视之,皆枯蟹也。多至百余种,如惠文冠,如皮弁,如箕,如瓢,如虎,如龟,如蚁,如猬,或赤、或黑、或绀,或斑如玳瑁,或粲如茜锦,其一上有金银丝,皆平日目所未睹。信海涵万类,无所不有。昔闻有好事者居海濒为蟹图,未知视此为何如也。杜门追想往事,戏书。

马裕斋尹京

马裕斋光祖之再尹京也,风采益振,威望凛然。大书一榜,揭之客次,大意谓僚属自当以职业见知,并从公举。若挟贵挟势,及无益俪语以属者,不许收受,达者则先断客将。于是客之至者,掌客必各点检衔袖,惟恐犯令得罪。余时为帅幕,一日以公事至,见有薛监酒方叔在焉。薛虽进纳,出入福邸贵家甚稔,余因扣其何为,薛笑而不见答,觇袖间则有物焉。余指壁间文曰:"奈何犯初条乎?"薛笑曰:"非惟犯初条,将并犯所戒矣。"既而速客僚属白事毕,薛出袖中函书,马公颦蹙不语。既而又出俪卷,傍观皆悚惧,而典客面无人色,谓受杖必矣!及退,乃寂然无所闻。又旬日,余复以事至,则薛又在焉。余因扣其所投何如?薛笑曰:"已荷收录矣。余袖中乃谢启也。"扣其所主,则南阳贵人也。以是知人不可无势,以马公峻峭壁立,亦不能不为流俗所移,况他人哉!

贾 廖 刊 书

贾师宪常刻《奇奇集》，萃古人用兵以寡胜众如赤壁、淝水之类，盖自诧其援鄂之功也。又《全唐诗话》乃节唐《本事诗》中事耳。又自选《十三朝国史会要》。诸杂说之会者，如曾慥《类说》例，为百卷，名《悦生堂随抄》，板成未及印，其书遂不传。其所援引多奇书。廖群玉诸书，则始《开景福华编》，备载江上之功，事虽夸而文可采。江子远、李祥父诸公皆有跋。《九经》本最佳，凡以数十种比校，百余人校正而后成，以抚州萆抄纸、油烟墨印造，其装褫至以泥金为签，然或者惜其删落诸经注为可惜耳，反不若韩、柳文为精妙。又有《三礼节》、《左传节》、《诸史要略》及建宁所开《文选》诸书，其后又欲开手节《十三经注疏》，姚氏注《战国策》、注坡诗，皆未及入梓，而国事异矣。

贾 廖 碑 帖

贾师宪以所藏定武五字不损肥本禊帖，命婺州王用和翻开，凡三岁而后成，丝发无遗，以北纸古墨摹榻，与世之定武本相乱。贾大喜，赏用和以勇爵，金帛称是。又缩为小字，刻之灵璧石，号"玉板兰亭"，其后传刻者至十余，然皆不逮此也。于是其客廖群玉以《淳化阁帖》、《绛州潘氏帖》二十卷，并以真本书丹入石，皆逼真。又刻《小字帖》十卷，则皆近世如卢方春所作《秋壑记》，王茂悦所作《家庙记》、《九歌》之类。又以所藏陈简斋、姜白石、任斯庵、卢柳南四家书为小帖，所谓《世綵堂小帖》者。世綵，廖氏堂名也，其石今不知存亡矣。

济 王 致 祸

济王夫人吴氏，恭圣太后之侄孙也，性极妒忌。王有宠姬数人，殊不能容，每入禁中，必愬之杨后，具言王之短，无所不至。一日内宴，后以水精双莲花一枝，命王亲为夫人簪之，且戒其夫妇和睦。未几，王与吴复有小竞，王乘怒误碎其花。及吴再入禁中，遂谮言碎花之事，于是后意甚怒，已有废储之意。会王在邸新饰素屏，书"南恩新"三大字，或扣其说，则曰："'花儿王'王塘之父，号花儿王。与史丞相通同为奸，待异日当窜之上二州也。"既而语达，王与史密谋之杨后，遂成废立之祸焉。盖当时盛传"花儿王"者秽乱宫闱，市井俚歌所唱"花儿王开者"，盖指此也。

十 三 故 事

余试吏部，铨第十三人。外舅杨泳斋遗书贺先君，其间一联云："第十三传衣钵，已兆前闻；若九万抟扶摇，更期远到。"盖用和凝登第名在十三，及为知举，取范质即以第十三处之，场屋间谓之"传衣钵"。盖外舅向亦以十三名中选故耳，以此用之最为切当。盖张时先辈笔也。时乃张武子良臣之子，昔为张功父之客云。

舞 谱

予尝得故都德寿宫舞谱二大帙，其中皆新制曲，多妃嫔诸阁分所进者。所谓谱者，其间有所谓：

左右垂手	双拂	抱肘	合蝉	小转	虚影	横影	称里
大小转榼	盘转	叉腰	捧心	叉手	打场	挽手	鼓儿
打鸳鸯场	分颈	回头	海眼	收尾	豁头	舒手	布过
鲍老掇	对窠	方胜	齐收	舞头	舞尾	呈手	关卖
掉袖儿	拂	蹲	绰	觑	掇	蹬	焌
五花儿	踢	搕	刺	擞	系	搠	捽
雁翅儿	靠	挨	拽	捺	闪	缠	提
龟背儿	踏	偾	木	折	促	当	前
勤步蹄	摆	磨	捧	抛	奔	抬	掀

是亦前所未闻者，亦可想见承平和乐之盛也。

知 州 借 紫

故事:知州军皆例借紫鱼袋。先子为衢倅时,外舅杨彦赡知郡,既而除工部郎官,交郡事甫毕,则自便门至倅厅相谢,则已衣绯矣。余时在侍旁,不晓所谓。先子语之曰:"盖知州则许借紫,今既满任交事,法当仍还元服故也。"因言今浙西宪亦许借紫,若圣节随班上寿,则仍元服也。独帅漕居辇下者,则虽圣节朝谒,亦许服所借耳。若元为知州军而既除本路监司者,仍旧带借,或除别路,则不可就矣。然亦莫晓立法之意也。

记 方 通 律

《石林避暑录》载蔡州道士杨大均善医,能默诵《素问》、《本草》、《千金方》,其间药名分两,皆不遗一字。因问其"此有何义理而可记乎?"大均曰:"苟通其义,其文理有甚于章句偶俪,一见何可忘也。"余向登紫霞翁门,翁妙于琴律,时有画鱼周大夫者善歌,每令写谱参订,虽一字之误,翁必随证其非。余尝扣之,云:"五凡工尺,有何义理?而能暗通默记如此,既未按管色,又安知其误耶?"翁叹曰:"君特未深究此事耳。其间义理之妙,又有甚于文章,不然安能强记之乎?"其说正与前合。盖天下之事,虽承蜩履狶之微,亦各有道也。

大 父 廉 俭

大父少傅素廉俭,侨居吴兴城西之铁佛寺,既又移寓天圣佛刹者几二十年。杜门萧然,未尝有毛发至官府。时杨伯子长孺守湖,尝投谒造门,至不容五马车。伯子下车顾问曰:"此岂侍郎后门乎?"为之歆叹而去。时寓公皆得自酿,以供宾祭,大父虽食醋,亦取之官库。一日,与客持螯,醯味颇异常时,因扣从来,盖先姑婆乳母所为斗许,以备不时之需者。遂令亟去之,曰:"毕竟是官司禁物,私家岂可有耶?"其自慎若此。待子弟仆甚严,虽甚暑,未始去背子鞋袜。

断 桥

完颜亮窥江之时,步帅李捧建谋,欲断吴江长桥,以扼奔突。时洪景伯知平江,以为无益,奏止之。既而,又有建策于常熟福山一带多凿坑阱,以陷虏马者。德祐之际,朝臣亦建议断桥于吴江者,又断北关之板桥者。呜呼!疾已入于膏肓,且投肤革之剂,亦只取识者之笑耳,尚忍言哉!

馈 送 寿 物

《朝野杂记》所载韩平原送寿礼物,各列之天庆观廊间,观者为之骇然。以近世观之,每有馈遗,惟恐外人之窥,何肯张皇以眩众目哉?尝闻有阃帅馈师宪三十皮笼,局镭极严,误留寄他家。其承受人不过赍书函及鱼钥小匣投纳而已,笼中之物,虽承受人亦所不知也。其视平原之事,何翅万万!又记吴曦出蜀入朝,多买珍异,孔雀四、华亭鹤数十,金鱼及比目鱼等,及作粟金台盏遗陈自强者。在今观之,皆不足道,岂当时人有廉俭之风,视此已为异事,不若今人视以为常耶?抑秀岩蜀产,耳目之隘故耶?

桐蕈鳆鱼

天台所出桐蕈味极珍,然致远必渍之以麻油,色味未免顿减。诸谢皆台人,尤嗜此品,乃并捃桐木以致之,旋摘以供馔,甚鲜美,非油渍者可比。贾师宪当柄日,尤喜苕溪之鳊鱼,赵与可因造大盘,养鱼至千头,复作机,使灌输不停,鱼游泳拨剌自得,如在江湖中,数舟上下递运不绝焉。余尝于张称深座间,有以活鳆鱼为献,其美盖百倍于槁乾者。盖口腹之嗜,无不极其至,人乳蒸肫,牛心作炙,古今皆然也。

纵　囚

梁席阐为东阳太守,在郡有能,悉放狱中囚,依期而至。后汉虞延为细阳令,每至岁时伏腊,辄休遣囚徒,各使归家,并感其恩德,因期而还。《南史》何胤在齐为建安太守,为政有恩,人不忍欺,每伏腊放囚还家,依期而返。呜呼! 中孚之信及豚鱼,盖非一日之积也。

赵　孟　桂

乙亥岁,国事将危,忽传当涂孟之缙妻赵氏孟桂见为伯颜丞相次妻者,朝廷遂以太后命,遣人赍金帛与之,俾赞和议。继得孟桂回奏云:"和议将成。"遂复赐手诏云:"敕孟桂,吾老矣,不幸遭家多难,嗣君在疚。不谓似道失信北朝,致开边衅,生灵荼毒,宗社阽危,日夜思此,惟有流涕。忽览来奏,知尔身在边方,心存宗国,且拳拳以讲信为请,自非孝顺一念,发于天性,畴克有此! 得书喜幸,莫有云喻。已诏丞相遣使通问,以全两国生灵之命。尚赖尔委曲赞助,速成议和,以慰老怀。"复遣人以金帛慰之,继而寂然无报。及事定,孟桂南归雪川,盖未尝为伯颜次妻,亦未尝得诏及赐物也。盖奸人乘危造为此说,以骗脱朝廷金帛耳。问探不明,有类儿戏,国安得不亡哉! 孟桂乃赵忠惠与篱之妹,今为尼,改名子桂,住湖州广福寺云。

紫　纱　公　服

近见近客章服有花纱绫绢或素纱者,或者讥笑之。余尝见《演繁露》载白乐天《闻白行简服绯》诗云"彩动绫袍为趁行"之句,注云:"绯多以雁衔瑞莎为之。"则知唐章服以绫织花。又《旧闻证误》云:"今宗室外戚之亲贵者,或赐花罗公服,宣和间又有纱公服。"然则此亦不以异也。

译　者

"译者"之称,见《礼记》,云"东方曰寄",言传寄内外言语;"南方曰象",言放象内外之言;"西方曰狄鞮",鞮,知,通传夷狄之语,与中国相知;"北方曰译",译,陈也,陈说内外之言。皆立此传语之人,以通其志。今北方谓之通事,南蕃海舶谓之唐帕,西方蛮徭谓之蒲叉,去声。皆译之名也。

秘　固

精力、精神、精气、精血、精明、精爽、精到、精详、精妙,皆以精为主,卫生者当谨之。苦海、爱河,狂澜弗返,其涸也,可立而待。《素问》曰:"法于阴阳,和于术数。"又曰:"凡阴阳之道,阳密乃固。"注曰:"交会之要者,正在于阳气不妄泄耳。"此语余闻之谢奕修待制,云:"此先公密庵平日之所受持也。"密庵名采伯,亦谢后之诸父也,天台人。

雅　流　自　居

刘克庄云:"自义理之学兴,士大夫研深寻微之功,不愧先儒,然施之政事,其合者寡矣。夫理精事粗,能其精者,顾不能粗者,何欤?是殆以雅流自居,而不屑俗事耳。"此语大中今世士大夫之病。

张　氏　至　孝

宝庆丙戌,莆阳境内小民张氏至孝,家贫养母。尝有所适,归而母亡,张追慕不已,既祥而不除,欲丧之终其身。太守杨叔昉闻而哀之,赐以钱酒,且书其门曰:"何必读书,只此便是读书;何必为学,只此便是为学。"

五 行 间 色

五行所主：金白，木青，水黑，火赤，土黄。然间色亦相克成，木克土，则青黄合为绿；金克木，则青白合为碧；火克金，则赤白合为红；水克火，则黑赤合为紫；土克水，则黄黑合为骝。

构 字 义

构音进，凡织前绥以构梳，系使不乱也，出《埤仓》，见《唐韵》。近世张定叟所云则构字，一点，三音标的，若非此构字也。

连 架

今农家打稻之连架，古之所谓拂也。《王莽传》"东巡载耒南载耨"，注："锄也，耨去草。""西载铚，北载拂"，注："音佛，以击治禾，今谓之连架。"庆历初，知并州杨偕伏所制铁连枷，铁简藏秘府。狄武襄以铁连枷破侬智高，非特治禾也。按《天官书》棓亦作柈及棒，又连枷也，见《玉篇》。此棓杖之棓，其字从木，本非止于击禾。又以铁为之，短兵之利便也。

正 闰

正闰之说尚矣。欧公作《正统论》，则章望之著《明统论》以非之；温公作《通鉴》，则朱晦庵作《纲目》以纠之。张敬夫亦著《经世纪年》，直以蜀先主上继汉献帝。其后庐陵萧常著《后汉书》，起昭烈章武元年辛丑，尽后主炎兴元年癸未，又为吴、魏载记。近世如郑雄飞，亦著为《续后汉书》，不过踵常之故步。最后翁再又作《蜀汉书》，此又不过拾萧、郑弃之竹马耳。盖欲沽特见之名，而自附于朱、张也。余尝闻徐谊子宜之言云："立言之人，与作史记之体不同，不可以他文比也。

故圣人以《秦誓》次于帝王之后，亦世衰推移，虽圣人不能强黜之。汉儒虽以秦为闰位，亦何尝以汉继周耶？若如诸公之说，则李昪自称为吴王恪之后，亦可以续唐矣。"余尝见陈过圣观之说甚当，今备录于此，云："《纲目·序例》有云：'表岁以首年，而因年以著统。'自注其下云：'正统之年岁下，大书非正统者，两行分注。'或问《纲目》主意于朱子，曰：'主在正统。'又曰：'只是天下为一，诸侯朝觐狱讼皆归，便是正统。'夫正闰之说，其来久矣，甲可乙否，迄无定论。盖其论无论正统之有无，虽分裂之不一，或兴创而未成，必择其间强大者一国当之，其余不得与焉。此其论所以不定也。自《纲目》之作，用《春秋》法，而正统所在有绝有续，皆因其所建之真伪，所有之偏全斟酌焉，以为之予夺，此昔人所未及，今历考之，自周之亡，秦与列国分注而为首，此正统之一绝也。始襄王五十二年，至始皇二十六年初并天下，遂得正统，此正统之一续也。二世已亡，义帝虽为众所推，不得正统，特先诸国而已，此正统之再绝也。义帝亡而西楚为首，至汉高帝之五年，始得正统，此正统之再续也。王莽始建国之年，尽有汉天下矣，虽无他国亦从分注，此正统之三绝也。更始之主，虽汉子孙，而为诸将所立，犹不得绍统。光武即位，乃得正统，此正统之三续也。汉献帝之废，昭烈承之，虽在一隅，正统赖以不绝。后主亡而魏、吴分注，此正统之四绝也。晋武平吴亦得正统，此正统之四续也。愍帝亡而元帝中兴，虽在江南，而正统未绝，安帝为桓玄所篡，未几返正，以至恭帝禅宋而与魏分注，此正统之五绝也。自是历齐、梁、陈、魏、齐、周，南北分注，比之隋文平陈，而后得正统，此正统之五续也。隋恭帝侑废，而越王侗与唐高祖分注，此正统之六绝也。高祖武德五年乃得正统，此正统之六续也。昭宣帝为朱全忠所篡，而晋与淮南以其用唐年号，特先梁而分注，此正统之七绝也。自是历后唐、晋、汉、周，皆不得正统，可谓密矣。然正统之兼备，自三代以后，五季以前，往往不能三四，秦亡而汉高以兴，隋亡而唐高以王，正统之归吾无间。然他如秦以无君无亲，嗜杀人，隋以外戚有反相，而皆得天下，是皆始不得其正者。得其次如晋武帝袭祖父不义之业，卒以平吴一统而与秦、隋俱得正统，此其所未安也。有正者，其后未必有统，以正之所在而统从之，可也；有统者,其初未必有正,以统之所成而正从之,可乎？以秦、晋及隋概之,羿、莽特其成败有不同耳,顾以其终于伪定而以正归之,殆于不可,故尝为之说曰：'有正者不必有统,非汉、唐不与焉;有统者不必有正,虽秦、隋可滥数。夫有正者不责其统,以正之不可废也。有统者终与之正,是不特统与正等,为重于正矣。无统而存其正,统犹以正而存也;无正而与之统,正无乃以统而泯乎？'若曰纪事之法,姑以是提其要耳。正与不正,万世自有公论,则昔人正闰之论,犹不能一,而以是断汉、魏之真伪,吾恐犹以彼三者藉口也。何以言之？以正言之,则正者为正,不正者为僭。以统言之,则正固正也,统亦正也。今而曰朝觐狱讼皆归,便是正统,却使不得。正统如南北十六国,五代十国,有能以智力取天下而不道,如秦、晋与隋者,其必以正统归之矣。庄周有言：'窃钩者诛,窃国者侯。'此言虽小,可以喻大。盖南北十六国,五代十国,窃钩者也;秦、晋及隋,窃国者也。彼惜惜不知,有如曹丕凭藉世恶,幸及其身,而舜、禹之事,吾知之矣。然世有公论在也。今以朱子正统之法,而使秦、晋及隋乃幸得之,使其尚存,其以计得者,将不以曹丕自说,而幸己之不与同传,其以力得者,将又不曰汤、武之事。吾知乎,是后世无复有公论也,而可乎！夫徒以其统之幸得而遂畀以正,则自今以往气数运会之参差,凡天下之暴者、巧者、侥幸者,皆可以窃取而安受之,而枭、獍、蛇、豕、豺、狼,且将接迹于后世。为人类者,亦皆俯首稽首厥角以为事之理之当然,而人道或几乎灭矣,天地将何赖以为天地乎！窃谓三代而下,独汉、唐本朝可当正统,秦、晋与隋有统无正者,当分注。薰莸斌玉,居然自明,汉、魏之际,亦有不待辨者矣。"

奉 倩 象 山

荀奉倩以《六籍》为圣人糟粕,据子贡言性与天道也。此与象山与学者言《六经》几个不分不晓底,子曰"贤,信得及否"数语相似,元言与顿悟本相近也。

大　行

大行乃不返之辞，见《昌邑王传》韦注，平声。理宗之丧，湖州教官刘亿读祝，依《文选》注作去声，所谓大行受大名，细行受细名，此虽谥法，而实不然也。《前汉书音义》云："《礼》有大行人、小行人，主谥号官也。"韦昭云："大行，不返之辞，崩未有谥，故称大行。"《穀梁传》曰："大行受大名。"《风俗通》云："天子新崩，未有谥，故且称大行皇帝。"义两通，又见《安帝纪》注。

龙　有　三　名

龙之名有三。龙见而雩，此谓东方七宿为苍龙。蛇乘龙，此谓岁星木精，木为苍龙，故岁星亦以龙名。并见《左传》。又《淮南子》青龙为天之贵神，即太岁异名，王莽《铜权铭》"岁在大梁，龙集戊辰"者，以岁为岁星，龙为太岁也。魏《文昌殿钟簴铭》"岁在丙申，龙次大火"，是则以岁为太岁，龙为岁星，义得两通。若《张纯传》所谓"摄提之岁，苍龙甲寅"，按是岁太岁而言驳。右见吴斗南《两汉刊误补遗》。今按龙集者，岁星所集也。魏《铭》所指星也，莽《铭》乃易置为太岁。今世皆以太岁为龙集，盖名用莽《铭》而实用魏《铭》也。若《张纯传》语则叠指太岁，其误甚矣。又苍龙甲寅在东宫，此以岁在寅德与甲相值，甲位在东方故也。《王莽传》亦云："苍龙癸酉，德在中宫。"注云："癸德在中宫。"按杜钦云："戊土，中宫之部，今癸北宫而云中宫者，以癸为戊妃也。"此与《纯传》小异。《莽传》又云："今年刑在东方，是岁壬申，申刑寅，故也。"欧阳公《集古录》载隋《李康碑》云："岁在亥，大将军在酉。"公谓出于阴阳家，前史所未见。按此即张晏所谓岁后二辰为太阴者也。《抱朴子》有诸皋太阴将军之称，碑用其说。

押字不书名

余近见先朝太祖、太宗时朝廷进呈文字,往往只押字而不书名。初疑为检底而末乃有御书批,殊不能晓。后见前辈所载乾淳间礼部有申秘省状,押字而不书名者。或者以为相轻致憾,范石湖闻之,笑其陋云:"古人押字,谓之花押印,是用名字稍花之,如韦陟五朵云是也。"岂惟是前辈简帖,亦止是前面书名,其后押字,虽刺字亦是前是姓某起居,其后亦是押字。士大夫不用押字代名,方是百余年事尔。

蕝蕝

蕝蕝二字,上音祖外反,小貌;下音租税反,束茅表位,出《国语》。叔孙通为绵蕝野外,注:"立竹及茅索营之,习礼仪其中也。"师古曰:"蕝与蕝同,皆子说反。"然十七薛韵内只有此说,蕝字乃在十四泰,音最。木待问轮对,误读蕝尔之国作撮音,寿皇厉声曰:"合作在最反读为是。"按毛晃韵十七薛出蕝蕝二字,于十三蔡内,亦有一字,内蕝字下注子芮反,束茅表位,正叔孙通绵蕝之仪。《春秋传》云:"置茅荫也。"蕝字下注:"《史记·礼书》作绵蕝。"徐广曰:"表位标准。"如淳曰:"置设绵索,为习肄处,谓以茅蒴植地为纂位。"又于十四泰亦出二字,皆有祖外反,别出一蕝字,祖外反,小貌也。则二音皆可通用无疑。

五月五日生

五月五日生子,俗忌之,然不可一概论也。姑书数事于此。田文以五月五日生,父命勿举,母私举之。文长,以实告之,启父曰:"不举五月子,何也?"父曰:"生及户损父。"文曰:"受命于天,岂命于户? 若受命于户,何不高其户? 谁能至其户耶?"父知其贤。后封孟尝君。

俗以五月恶月,故忌。《苑史记传》。王镇恶以五月五日生,家人欲弃之,其祖猛曰:"昔孟尝君以此日生,卒相齐。此儿必兴吾家,以镇恶名之。"《南史》王凤亦以五月五日生者,父欲不举,曰:"俗语,举此子长及户则自害,否则害其父母。"其叔父曰:"昔田文以此日生,非不祥也。"遂举之。《西京杂记》。胡广以五月五日生,本姓黄,父母恶之,藏之葫芦,弃之河流岸侧。居人收养,及长,有盛名,父母欲取之,广以为背其所生则害义,背其所养则忘恩,而无所归,托葫芦而生也,乃姓胡名广。后登三司,有中庸之号。《世说》。唐崔信明亦以五月五日正中时生,太史令占曰:"五月为火,火为离,为文采,日正中,文之盛也。"及长,博文强记,下笔成章,终秦川令。徽宗亦以五月五日生,以俗忌,改作十月十日,为天宁节。近世省吏翁应龙亦以五月五日生,后受极刑。屈原则以五月五日生,投汨罗江而死。楚人哀之,每至其时,以竹筒贮米投水祭之。《续齐谐记》。孝女曹娥,其父以汉安二年五月五日溯涛迎神溺死,娥年十四,乃号泣十七日,投江而死,三日后,与父尸俱出。《东汉列女传》。

度宗祔庙无室

太庙自宣、僖、翼、顺四祖为祧,别于太庙西上为祧殿以奉之,与太庙诸室并同列,而各门以隔之。自太祖以下至理宗为十四室,度宗之祔,在理宗东,已无所容,乃外辟东庑以处之,亦不祥矣。

徐 留 登 第

留忠斋梦炎、徐畋霖在衢校,俱受知于俞教任礼。俞善濮斗南,俞以二人属之,徐魁南宫,留亦中选。每同诣濮,又同寓邸,而徐日湎于酒,无所闻知。时穆陵书"后夂""克艰"二语,以锡丞相史嵩之,谢表及记,皆濮所为。留剌知之,不以语徐,遂以自拟对策,遂冠多士云。

私取林竹溪

林竹溪希逸字肃翁,又号鬳斋,福清人。乙未,吴榜由上庠登第,凡三试,皆第四。是岁真西山知举,莆田王迈实之亦预考校。西山欲出《尧仁如天赋》立说,尧为五帝之盛,仁为四德之元,天出庶物之首,西山以此题为极大。实之云:"题目自好,但矮些个。"西山默然。林居与王隔一岭,素相厚善,首试前,林衣弊衣邀王车,密扣题意。王告以必用圣人以天下为一家,要以《西铭》主意,自第一韵以后皆与议定,首韵用三极一家,次韵云大圣人之立极,合天下为一家,四韵尧宅禹宫,大铺叙《西铭》。至是西山局于无题可拟,乃谓实之曰:"日逼,无题奈何?"王以位下辞避,西山再四扣之不已,王久之若不得已,乃以前题进,并题韵之意大略,西山击节。至引试日,题将揭晓,循例班列拈香,众方对越,闻王微祝云:"某誓举所知,神其鉴之。"是时乡人林彬之元质亦在试中,上请,以乡音酬答,亦授以意,亦预选云。

吴益登对

吴益为院辖官日,因轮对上殿,理宗忽问曰:"白鹿之功,何如淮、泗?"奏曰:"不同。"又问所以不同,奏曰:"淮、泗之功,成于己济。"上首肯之。贾师宪以此喜之。

朱王二事相同

朱元晦平生议论前无古人,独庙议以僖祖东向及社仓祖述青苗二事,与王介甫正同,殊不可晓。庙议见《中庸或问》及宋祁《祖宗配侑议》,《文鉴》卷百五。元晦以东向之说出于韩退之《禘祫议》,殊非公论。《南史》臧焘驳郑玄以二祧为文、武之谬,其语甚切,当并考之。

方　珠

横塘人褚生以右科官与贾巨川涉有旧,初为扬州一令,有妻,又赘于一宗姓之家。既而,挟其资以逃,因遭褫剥,夤缘复官,既得廉州,蓄徒二百,专事采珠。有舶商得方珠,褚知之,因矫朝命,籍而取之。经司风闻,复遭废停,已过满半年,后至者挤之,遂饮鸩而殂。方珠者竟莫知所在。且珠者贵圆,贵色,贵大,如珠不圆,更无色,何足贵?

张约斋佣者

张约斋甫初建园宅,佣工甚众。内有一人,貌虽瘠而神采不凡者,张颇异之。因讯其所以,则云本象人,以事至京,留滞无以归,且无以得食,故不免为此。张问其果欲归否? 答曰:"虽欲归,奈无路途之费。"张曰:"然则所用几何?"遂如数赒之。且去,不复可知其如何也。未几,张以罪谪象州,牢落殊甚。一日,忽有来访者,审则其人也。于是为张营居止,且贷以资,使为生计,张遂赖以济。后张殁于家,其人周其葬,事毕亦莫知所在。

禁　男　娼

书传所载龙阳君、弥子瑕之事甚丑,至汉则有籍孺、闳孺、邓通、韩嫣、董贤之徒,至于傅脂粉以为媚。史臣赞之曰:"柔曼之倾国,非独女德。"盖亦有男色焉。闻东都盛时,无赖男子亦用此以图衣食。政和中,始立法告捕,男子为娼者,杖一百,赏钱五十贯。吴俗此风尤盛,新门外乃其巢穴。皆傅脂粉,盛装饰,善针指,呼谓亦如妇人,以之求食。其为首者,号"师巫行头"。凡官呼有不男之讼,则呼使验之。败坏风俗,莫甚于此! 然未见有举旧条以禁止之者,岂以其言之丑故耶?

赵春谷斩蛇

赵暨守衢日,所任都吏徐信,兴建佑圣观,敛民财甚夥。未几,詹寇作,信以致寇抵罪而死。然民之诣祠如故,特太守不复往。赵孟奎春谷始至,以典祀亦往致敬。已而得堂帖,从前守陈蒙所申,命加毁拆。民投牒求免,而主祀祠黄冠遇大蛇于道,谓神所凭,率民以祷,曰:"果神也,盍诣郡?"遂以蛇至倅厅,以白郡。赵曰:"此妖也。"以黄冠为惑众,械系于狱,继取蛇贮以大缶,加封闭焉。三日狱成,黄冠坐编置,而戮蛇于市,人咸壮之。

三山诏岁举送

三山旧例,诏岁试,每场两日,帅于谯楼揖士,盖贡院在楼之内也。楼头赞揖,士子同应,声如奔雷者,无虑数万。杂以市人群不逞旗号,纷然抢案占廊,奔突可。此下有阙文。

续集上

罗 椅

罗椅字子远,号磵谷,庐陵产也。少年以诗名,高自标致,常以诗投后村,有"华裾客子袖文过"之句,知其为巨富家子也。壮年留意功名,借径勇爵,捐金结客,驰名江湖。时方向程朱之学,于是尽弃旧习而学焉。然性理之学必须有所授,然后名家,于是尊饶双峰为师。时四方从之者数百,类多不能文之人。子远天资素高,又济之以性理之学,竟为饶氏高弟,其实欲盖陶猗之名也。未几,以李之格荐登贾师宪之门。久之,贾恶其不情,心薄之。时在江陵,值庚申透渡之事,遂去贾往维扬,依赵月山_{日起}。遂青鞋破褶,蓬头垢面,俨然一贫儒也。月山得其衔袖之文甚喜,遂延之教子,宾主极相得。未几,师宪移维扬,月山仍参阃幕。一日,话间云:"儿辈近得一师,善教导,盖庐陵罗兄也。才美可喜,但一贫可念也。"师宪先廉知为子远,绐月山云:"好秀才能教子弟,极难得,愿见其人。"月山遂拉子远出见之,师宪为之绝倒。月山茫然问所以,师宪曰:"此江西罗半州也,其家富豪十倍于我辈,执事高明,乃为所欺耶?"月山甚惭。子远知踪迹已露,遂告别而去。既而登丙辰第,以秉义郎换文林,为江陵教,又改潭教。潭之士闻其来,先怀轻侮之意,及至首讲《中庸》,亹亹可听,诸生乃无语。及宰赣之信丰,登畿为提辖榷货务,贾师宪既知其平生素诡诈,不然之,久而不迁。至度宗升遐,失于入临,于是台评论罢而去。饶双峰者,番阳人,自诡为黄勉斋门人,于晦庵为嫡孙行。同时又有新淦董敬庵、韩秋岩,皆为双峰门人,子远与之极相得,互相称道。及世变后,道学既扫地,董、韩再及门,则子远不复纳之矣。董、韩亦行怪者,俱不娶。双峰死,二君匍匐往哭,缟素背负木主。每夕旅邸辄设位奉木主哭临之,旅主人皆患苦之。及道由抚州,黄东发震时为守,津吏报云："有二秀才素衣背位牌入界，大哭而去，行止怪异，不知何人？"东发闻之，即往迎之，亦制服于郡厅设位，三人会哭，俱称先师之丧。及自石洞回，东发聘董为临汝堂长，书币极厚，留韩郡斋。盖一时道学之怪，往往至此。时人有言云："道学先牌人欲行。"董敬庵，淦之浮薄者，乡人呼为"董苟庵"。韩自诡为魏公之裔，僻居蔀屋，而榜帖则必称本府。常语朋友云："先忠献王勋德在国史，先师文公精神在《四书》，诸贤不必对老夫说功名、说学问。"以此往往为后生辈所讥云。

大　打　围

北客云："北方大打围，凡用数万骑，各分东西而往，凡行月余而围始合，盖不啻千余里矣。既合，则渐束而小之，围中之兽皆悲鸣相吊。获兽凡数十万，虎、狼、熊、黑、麋鹿、野马、豪猪、狐狸之类皆有之，特无兔耳。猎将竟，则开一门，广半里许，俾余兽得以逸去，不然，则一网打尽，来岁无遗种矣。"又曰："未猎之前，队长去其头帽，于东南方开放生之门。如队长复帽，则其围复合，众始猎耳，此亦汤王祝网之意也。"

水　竹　居

薛野鹤曰："人家住屋，须是三分水、二分竹、一分屋方好。"此说甚奇。

宋彦举针法

赵子昂云："北方有宋彦举者，针法通神，又能运气，谓初用针即时觉热，自此流入经络，顷刻至患处，用补泻之法治之，则病愈而气血流行矣。"

刘汉卿郎中患牙槽风，久之颔穿，脓血淋漓，医皆不效。在维扬有邱经历，益都人，妙针法，与针委中及女膝穴，是夕脓血即止，旬日后颔骨蜕去,别生新者。其后张师道亦患此证,亦用此法针之而愈,殊不可晓也。邱尝治消渴者,遂以酒醅作汤饮之而愈,皆出于意料之外。

委中穴在腿腘中,女膝穴在足后跟,俗言"丈母腹痛,灸女婿脚后跟",乃舛而至此,亦女膝是也。然灸经无此穴,又云女须穴。

华 夷 图 石

汴京天津桥上有奇石大片,有自然《华夷图》,山青水绿,河黄路白,粲然如画,真异物也。今闻移置汴京文庙中,作拜石。伯幾、月观皆云。

缙 云 叶 医

括之缙云有叶医,挟术颇精。一夕,忽梦追至城隍,主者戒云:"凡今北之人虐南人盖有数,若南人恃北势以虐南人者,此神明之所甚怒,罪无赦。赵某者昔在福州日,杀人至多,获罪于天,今使之得喑疾而死。或以谷二石、酒二斗、鸡四只相邀,汝慎毋往。不然,逆天之罪,不可违也。然于次日必有叶氏亦以此数相偿,且有重获也。"既觉,惴惴然遂往庙中炷香。甫归家,而赵氏之家令人果以物至相邀,遂辞以疾,不往。次日,叶府召医,疾愈,以物酬谢,乃鸡、酒、谷,如梦中之数。收功获谢,而赵则殂矣。蔡莲潜云。

洪 渠

高疏寮守括日,有籍妓洪渠者,慧黠过人。一日,歌《真珠帘》词,至"病酒情怀犹困懒",使之演其声若病酒而困懒者,疏寮极称赏之。适有客云:"卿自用卿法。"高因视洪云:"吾亦爱吾渠。"遂与脱籍而去,以此得喷言者。

插 花 种 菊

春花已半开者,用刀剪下,即插之萝卜上,却以花盆用土种之,时时浇溉,异时花过,则根已生矣。既不伤生意,又可得种,亦奇法。沈草庭云。梅雨中,旋摘菊丛嫩枝插地下,作一处,以芦席作一棚,高尺四五,覆之。遇雨则除去以受露,无不活者,且丛矮作花可观,上盆尤佳。

大 野 猪

北方野猪大者数百斤,最犷悍难猎。每以身揩松树,取脂自润,然后卧沙中,傅沙于膏。久之,其肤革坚厚如重甲,名带甲野猪,虽劲弩不能入也。其牙尤坚利如戟,马至则以牙梢之,马足立伤,虽虎豹所不及也。又云猎犬之良者最畏狐,盖狐善以秽气薰犬,目即瞀,故猎者凡见狐必收犬,盖恐为所损也。胡德斋。

天 花 异

戊子五月初二日以来,日光中有若柳絮,又如雪片者,飞舞乱下,人皆哄传以为天花。迨至初四日大雷雨,飞雹大者如当三钱,始知连日所谓天花者,即雪也。及飞下,则以为雹耳。盖小片半空已化于烈日,中大者乃乘风而坠耳。继闻沈氏失冰一窖,次日,王子才自越来,则知越中端午日大雹,西廊门冰亦失其半。按宁宗嘉定甲戌九月朔,日食之,既,日傍有星见,及有飞片如雪母之状自天飘下,今之天花,殊类此也。

西 域 玉 山

刘汉卿尝随官军至小回回国,去燕数万里。每雨过,山泥净尽,数百里间皆玉山相照映，碧淀子皆高数尺，岂所谓琅玕者耶？

灵 寿 杖

又云：灵寿杖出西域，自黄河随流而出，不知为何木。其轻如竹，而性极坚韧。又有赪柳，色如红玉，亦可为杖，能辟雷，每雷作时，杖头皆有火光，殊不可晓。又有大桃核如升，可以破而为碗，皆自黄河流下，不知何国物也。

改 安 吉 州

或言湖州以潘丙之事，改名安吉州，乃寓潘丙二字，史相之狡狯也。

二王入闽大略

德祐丙子正月十二日之事，陈丞相宜中与张世杰皆先一日逃往永嘉。次日，苏刘义、杨亮节、张全挟二王及杨、俞二妃行，自渔浦渡江，继而杨驸马亦追及之。至婺，驸马先还，二王遂入括。既而陈丞相遣人迎二王，竟入福州。丁丑五月朔，于福州治立益王，即吉王，方八岁。改元景炎。立之日，众方立班，忽有声若兵马至者，众惊甚，久乃止。益王锐下，一目几眇。是岁大军至，遂入广州，至香山县海中，大战而胜，夺船数十艘。继而北军再至，遂致败绩，益王坠水死。陈宜中自此逃去，竟莫知所之。继又至雷州，驻硇洲，属雷州界。立广王，后封卫王，俞妃所生。貌类理宗。即位之日，有黑龙见，两足一尾，改号祥兴。至己卯岁二月，北军大至，战于厓山。初以乏粮，遣心腹赍银上岸籴米，至是众船出海口迎战，而所遣者未还。张世杰云："若弃之而去，后来何以用人？"遂决计不动。遂决战，自晓至午，南北皆倦，欲罢。平日潮信凡两时即退，适此日潮终夕不退，北军虽欲小退，而潮势不可，遂死战。南军大溃，王及枢密使陆秀夫、字君实。杨亮节皆溺海而死焉。时二月六日也。此役也，皆谓苏刘义实著忠劳云。姜大成云。

海 船 头 发

澉浦杨师亮航海至大洋，忽天气陡黑，一青面鬼跃入舟中，继有一美妇人至，顾左右取头发，舟人皆辞以无，妇人顾鬼自取之，即于船板下取一笼，启之，皆头发也。妇人拣数束而去。

海 神 擎 日

扬州有赵都统，号赵马儿，尝提兵船往援李璮于山东。舟至登、莱，殊不可进，滞留凡数月。尝于舟中见日初出海门时，有一人通身皆赤，眼色纯碧，头顶大日轮而上，日渐高，人渐小，凡数月所见皆然。

戊 子 地 震

至元二十五年戊子岁，冬十月二十四日丙子，夜正中，地大震。始如暴风驾海潮之声自西南来，鸡犬皆鸣，窗户磔磔有声。继而屋瓦皆摇，势若掀箕。余初闻是声大惊，以为大寇至，惧甚，噤不敢出息。继而觉卧榻撼如乘舟迎海潮，始悟为地震也。远近皆喧呼，或以为火，凡两茶顷，甫定。次日，亲朋皆相劳问，互言所闻。至十一月初九日庚辰辰时又震。余向于庚子岁侍先子留富沙，曾经此变，乃晡时，杭、雪则在二鼓后，此理不可晓。

江 西 术 者 奇 验

咸淳甲戌之春，余为丰储仓，久以病痁不出。忽闻贾师宪丁母忧而出，凡朝绅以至京局，皆往唁奠，送之江干。同官曾昭阳来问疾，因及此事，云："师宪旦夕必再来。"余曰："此公请归之章凡十余，今适有此，必不复来矣。"曾曰："江西一术者，其言极神，前日来，尝扣之，云：

'此人不出今岁,必再来,尚可洗日一番。然自此以往,凶不可言矣。'"余深不以为然。至秋,度宗升遐,继而有溃师亡国之祸,果如其言。惜当时不曾扣问术者姓名也。

天　裂

咸淳癸酉十月,李祥甫庭芝自江陵被召至京口。一日午后,忽见天裂,见其中军马旗帜甚众,始红旗,继而皆黑旗,凡一茶顷乃合,见者甚众。赵德润。

李醉降仙

应山在淮阃日,吕少保荐一术士,能降仙,豪于饮,号曰"李醉",施州人。凡有所祷祈,令人自书一纸,实卷之。以香一片,令自祈祷,且自缄封、书押,并金纸一百焚于香炉中。然后索酒痛饮,多至四五斗,乃浓墨大书,或草,或画卦影,或赋词诗之类,多至数十纸,皆粲然可读。其答所问,往往多验。一日,应山密书以扣襄、樊之事,醉后大书十字云:"山下有朋来,土鼠辞天道。"每字径尺余。至甲戌岁,度宗升遐,解者谓度宗庚子生,纳音属土,所谓土鼠者耶?德润。

海　井

华亭县市中有小常卖铺,适有一物,如小桶而无底,非竹、非木、非金、非石,既不知其名,亦不知何用。如此者凡数年,未有过而睨之者。一日,有海舶老商见之,骇愕,且有喜色,抚弄不已。叩其所直,其人亦狙黠,意必有所用,漫索五百缗。商嘻笑偿以三百,即取钱付狙。因叩曰:"此物我实不识,今已成交得钱,决无悔理,幸以告我。"商曰:"此至宝也。其名曰海井。寻常航海必须载淡水自随,今但以大器满贮海水,置此井于水中,汲之皆甘泉也。平生闻其名于番贾,而未尝遇,今幸得之,吾事济矣。"

狗 畏 鼻 冷

狗最畏寒,凡卧必以尾掩其鼻,方能熟睡。或欲其夜警,则剪其尾,鼻寒无所蔽,则终夕警吠。

凿 井 法

北方凿井,动辄十余丈深,尚未及泉,为之者至难。或泉不佳,则费已重矣。后见一术者云:"凡开井,必用数大盆贮水置数处,俟夜气明朗,于盆内观所照者星光何处最大而明,则地中必有甘泉也。"试之屡验。伯机。

重 窖

自兵火以来,人家凡有窖藏,多为奴仆及盗贼、军兵所发,无一得免者。独闻一贵珰家,独有窖藏之妙法:须穿土及其下,置多物讫,然后掩其土石,石上又覆以土,复以中物藏之,如此三四,层始加甃砌。异日或被人发掘,止及上层,见物即止,却不知其下复有物也,多者尽藏于下。此说甚奇。

日 形 如 瓠

范元章闻之本心翁,谓曾见钱浩达可云:"戊子十月内,早出郭,日初出,略无精光,其形如瓠。既而变方,乃就圆,殊不可晓也。"

叶 李 遭 黥

叶亦愚上书后,朝廷捕之甚急。遂祷之霍山张王庙,是夕,梦一白衣裹帽人,指庭下一鸡为蛇所缠,牢不可解。其后有黥而王之,验二物,巳酉合也。

地 连 震

绍定戊子八月初三日二鼓,雷雨之声自东北来,地遂震,四鼓再震。九月十三日夜又震。谢密庵云:"春秋二百四十二年,地震者五,今连及三震焉。"其后嘉熙庚子地震,戊子岁十月地震,十一月又震,却一甲子矣。

蜀 人 不 浴

蜀人未尝浴,虽盛暑,不过以布拭之耳。谚曰:"蜀人生时一浴,死时一浴。"

梅 无 仰 开 花

杜南谷云:"梅花却无仰开者,盖亦自能巧避风雪耳。"验之信然。

栅 沙 武 口

北军未渡之时,守把统制官王顺欲栅沙武口及沌口。以此二处江水极深,难于用工,遂用披搭敝舟百余只,载沙石沉之。继以石簬土囊压下,就用樯竿打为桩栅,不两日即办。盖长江之险,此二处最为要害故也。夏贵乃以为不然,遣人尽去桩栅,欲纵北船入口,然后与战。顺极以为忧,请披搭船三百只,左右前后皆置棹。先棹以迎之,俟彼船出口子,即以铁猫儿罥定,复回棹拽其船以归。盖口子既小,自不容并进,不过尽入吾阱中乃已。夏老复忌其功,不以为然。及北船尽出之后,散漫大江之中,守兵仅能与未去口子者相拒,而余舟皆已飞渡浒、广矣。

李 仲 宾 谈 鬼

李仲宾衔父少孤贫,居燕城中。荒地多枸杞,一日,逾邻寺颓垣,往采杞子。日正午,方行百余步,忽迷失故道。但见广沙莽莽,非平日经行境界,心甚异之。举头见日色昏,犹能认大悲阁为所居之地,遂向日南行,循阁以寻归路。忽见一壮夫,白带方巾,步武甚健,厉声问往何方。方错愕间,遽以手捽其胸,李素多力善搏,急用拳捶之,其人仆,已失其首。心知为鬼物,然犹踉跄相向,李复以拳仆之,随仆随起者十余次,其人遂似怒而去。既稍前,则无首者踞坐大石上以俟,意将甘心焉。然路所必经,势不容避,忽记腰间有采杞之斧,遂持以前。其人果起而迎之,遂斧其颈,铿然有声,乃在青石上。其人寂然不见,而异境亦还元观,乃私识其处而归。家人见其神采委顿,问之,则不能语。越宿,方能道所以。遂偕数人往访其处,果有斧痕在石上,遂启其石,下乃眢井,井中皆枯骸也。询之,盖亡金兵乱中死者。遂函其骨,迁窆他所,后亦无他。

大 兴 狱 鬼

仲宾又云:"向在燕为太常令史,太常官廨向为大兴狱,闻有物怪,往往能杀人。时年少气壮勇,方秋初,一夕守宿官舍,一仆自随,亦以暑甚出外舍,遂独据炕酣寝。至夜半,忽房门轧然有声而开,惊觉,则胸间愦闷,若压气不苏醒。极力微开目,见一人,黑色,乘微月率率有声而前,既进复退。于是恐甚,极力瞠目起坐,则房门未尝启也。顷之,其人复来,思有以御之。适无他物,仅有皮靴一只于其前,俟其稍近,以靴掷之,划然有声如雉鸣,用手斜拉窗眼而去。至晓观之,其手拉窗处,每窗眼皆圆窍数十,破处皆如一纸,虽破而不脱,竟不知为何怪也。"

梨　酒

仲宾又云：向其家有梨园，其树之大者，每株收梨二车。忽一岁盛生，触处皆然，数倍常年，以此不可售，甚至用以饲猪，其贱可知。有所谓山梨者，味极佳，意颇惜之，漫用大瓮储数百枚，以缶盖而泥其口，意欲久藏，旋取食之。久则忘之。及半岁后，因至园中，忽闻酒气熏人，疑守舍者酿熟，因索之，则无有也。因启观所藏梨，则化而为水，清冷可爱，湛然甘美，真佳酝也，饮之辄醉。回回国葡萄酒止用葡萄酿之，初不杂以他物。始知梨可酿，前所未闻也。

四明延寿寺火

四明延寿寺，在城大刹也。三十年前，僧良月溪者为知客，一夕，梦本寺所奉四明尊者告之曰："三十年后，当使瓦砾化为黄金。"适符吉梦。至明年，己丑正月初四日，乃四明尊者忌辰，作会。次日，戴觉民家火作，延燎寺中，一椽不留，其应乃如此。先是，一月前有汪氏子名信道者，梦其祖宗云："火灾当起于汝家，吾力告免于神，今已得一同姓名者代矣。"及火作，乃起于戴氏闻人汪信之家，与信道仅有一字之异。所毁几万家，凡壬午年火所不及者，皆不得免，其新旧界址截然，若有神所司者，此尤可怪云。

合　乐　谐　和

尝闻梨园旧乐工云："凡大燕集乐初作，必先奏引子。谓如大石调，引子则自始至终，凡丝竹歌舞，皆为大石调。直至别奏引子，方随以改为耳。"又云："凡燕集初作，或用上字，然或用工字，然必须众乐皆然，是谓谐和。或有一时煞尾参差不齐，则谓之不和，必有口舌不乐等事。前后验之，无不然者。以此推之，则乐之关乎治乱，为不诬矣。"

盗 马 踏 浅

甲戌透渡之事，其先乃因淮阃遣无鼻孔回回潜渡江北盗马，或多至二三百匹。其后遂为所获，遂扣其渡江踏浅之处，乃自阳罗堡而来。于是大江可涉地，北尽知之，遂由其处而渡焉。

于 阗 玉 佛

伯颜丞相尝至于阗国开省，于其国中开井，得白玉佛一身，高三四尺，色如截肪，照之皆见筋骨脉胳，已即贡之上方。又有白玉一段，高六尺，阔五尺，长一十七步。即长八尺五寸也。以重不可致。

狗 　 站

伯机云："高丽以北地名别十八，华言乃五国城也。其地极寒，海水皆冰，自八月即合，直至来年四五月方解。人物行其上，如履平地，站车往来，悉用四狗挽之，其去如飞。其狗悉谙人性，至站亦破狗分例，稍不如仪，必至啮死其人。"

姨 夫 眼 睛

屌音望。令史，河间人，其妻常为白衣男子所据，来则痛饮，然后共寝。屌不胜其忿，于是仗利刃伺于床下。既而果来，拥妇剧饮，大醉，方欲就睡。掩其不备，以刃刺之，白衣沿壁而上，跷捷如飞，因逆刃抢杀之。堕地化为霜毛白鼠，身长五尺许，双目烂然，遂抉其目，珠色深碧而径寸，宛似瑟瑟。夜至，暗室有光芒尺余，北人戏名曰"姨夫眼睛"。盖北人以两男子共狎一妓，则呼为姨夫，故以为戏云。伯机。

偏僻无子

施仲山云："士大夫至晚年多事偏僻之术，非惟致疾，然不能有子。盖交感之道，必精与气接，然后可以生育。而偏僻之术必加系缚之法，气不能过，是以不能有子也。爱身者当慎之。"

琴 应 弦

琴间指以一与四、二与五、三与六、四与七为应，今凡动第一弦，则第四弦自然而动，试以羽毛轻纤之物，果然。此气之自然相感动之妙。紫霞翁。

治 物 各 有 法

金花定碗用大蒜汁调金描画，然后再入窑烧之，永不复脱。凡玉工描玉，用石榴皮汁描之，则见水不去。垒珠相思子磨汁缀之，白芨亦可。则见火不脱。凡事皆有法。

金 凤 染 甲

凤仙花红者用叶捣碎，入明矾少许在内，先洗净指甲，然后以此付甲上，用片帛缠定过夜。初染色淡，连染三五次，其色若胭脂，洗涤不去，可经旬，直至退甲，方渐去之。或云此亦守宫之法，非也。今老妇七八旬者亦染甲。今回回妇人多喜此，或以染手并猫狗为戏。

杭 城 食 米

余向在京幕，闻吏魁云："杭城除有米之家，仰籴而食凡十六、七万人，人以二升计之，非三四千石不可以支一日之用。而南北外二厢不与焉,客旅之往来又不与焉。"

开 庆 六 士

陈宜中、曾唯、黄镛、刘黻、陈宗、林则祖,皆以甲辰岁史嵩之起复上书,倡为期之论。一时朝绅,如卢越、徐霖、元杰、赵无堕皆和之,时人号为"六君子"。既贬旋还,时相好名,牢笼宜中为抡魁,余悉擢巍科,三数年间,皆致通显。然夷考其人平日践履,殊有可议者,然同声合党,孰敢撄其锋?郭方泉闻在台日,尝疏黄镛之罪,因论虚名之弊。时宜中在政府,黻在从班,竞起攻之,闻为之出台。及镛知庐陵,文宋瑞起义兵勤王,百端沮之,遂成大隙。既而北兵大入,则如黄、如曾数公,皆相继卖降。或言其前日所为皆伪也。于是有为之语云"开庆六君子,至元三搭头",宋之云亡,皆此辈有以致之,其祸不止于典午之清谈也。

范 元 章 梦

范元章向在魏明己馆中。尝赴省试,梦至大宫殿,手执文书,历阶而上。自顾其身,则挂绿衣,既而有衣皂褙者亦欲进,为左右所却,以为无绿衣而不可进。范遂脱所衣绿袍与之,其袍内乃著粉青战袍,旁有嘲之者,答云:"无笑!此乃银青袍也。"及寤,虽喜衣绿之吉,又有脱袍之疑。既而中第,辞魏氏馆,继之者乃蜀人税某也。次举亦第,于是脱袍之征已验。独不晓银青之说,然自喜以为此必异时所至之官也。临安盐仓批满,则谢堂实尹京,其衔乃银青光禄大夫,时事已异,仅止于此。是以知人生皆有分定,不容少有侥幸也。

福 王 婚 启

福王之子娶全竹斋少保之女,婚书一联云:"依光蓟北,苟安公位之居;回首江南,惟重母家之念。"亦有味也。时福王为平原郡公。

雷　雪

至元庚寅正月二十九日癸酉，是年二月三日春分，余送女子嫁吴氏至博陆。早雪作，至未时电光，继以大雷，雪下如倾，而雷不止。天地为之陡黑，余生平所未见，为惊惧者终日。客云："记得春秋鲁隐公九年三月，三国吴主孙亮太平二年二月，晋安帝元兴三年正月，义熙六年正月，皆有雷雪之变。"未及考也。

医　术

吾乡医者庞良臣、良材兄弟二人，指上颇明，最是暗记诸药方，不差分毫，为难能也。永嘉术者陈独步瞽而善记，每有客自外来，闻其声即知其为何人也，诵言一别，今几何岁矣，台庚乃某年某月日时者乎，略无一差。吾乡张神鉴亦瞽而善记，胸中所储无虑数万。每谈一命，则旁引同庚者数十，皆历历可听。又有张五星亦瞽而慧，善辨宝玉，此犹是暗中摸索。至于能别妇人妍丑，闻其声咳，扣问数语，即知其人美恶情性。赵信国丞相专俾置姬妾并玉器云。

湖　翻

庚寅五月连雨四十日，浙西之田尽没无遗，农家谓尤甚于丁亥岁，虽景定辛酉亦所不及也。幸而不没者，则大风驾湖水而来，田庐顷刻而尽。村落名之曰"湖翻"。农人皆相与结队往淮南趁食，于太湖买舟百十余，所载数千人同往。甫至湖心，大风骤至，悉就溺死。又有千余人渡扬子江，济者同日亦沉于江。净慈、灵隐皆停堂，客僧数百皆渡江还浙东。内四僧偶别门徒，至中途忘携雨具，还取之，至江干则渡舟解维矣。方怅然自失，舟至中流，亦为风浪所覆，四僧幸而得免。岂非所谓劫数者耶？

回 回 沙 碛

回回国所经道中，有沙碛数千里，不生草木，亦无水泉，尘沙眯目，凡一月方能过此。每以盐和面作大脔，置橐驼口中，仍系其口，勿令噬嗑，使盐面之气沾濡，庶不致饿死。人则以面作饼，各贮水一榼于腰间，或牛羊浑脱皮盛水置车中。每日略食饵饼，濡之以水。或迷路水竭，太渴则饮马溺，或压马粪汁而饮之。其国人亦以为如登天之难。今回回皆以中原为家，江南尤多，宜乎不复回首故国也！

短　　蓬

杨大芳尝为明州高亭盐场，场在海中，或天时晴霁，时见如匹练横天，其色淡白，则晴雨中分，土人名之曰"短蓬"，亦蜃气之类也。

子 山 隆 吉

梁栋，字隆吉，镇江人，登第，尝授尉，与莫子山甚稔。一日，偶有客访子山，留饮，作菜元鱼为馔，偶不及栋，栋憾之，遂告子山尝作诗有讥讪语，官捕子山入狱。久之，始得脱而归，未几，病死。余尝挽之云："秦邸狱成杯酒里，乌台祸起一诗间。"纪其实也。后十年，栋之弟投茅山许宗师为黄冠，许待之厚。既而，栋又欲挈妻孥而来，许不从，栋遂大骂之。许不能堪，遂告其曾作诗云"浮云暗不见青天"，指以为罪。于是捕至建康狱，未几，病死。此恢恢之明报也。

蹇 材 望

蹇材望，蜀人，为湖州倅。北兵之将至也，蹇毅然自誓必死，乃作大锡牌，镌其上曰："大宋忠臣蹇材望。"且以银二笏凿窍，并书其上曰："有人获吾尸者，望为埋葬，仍见祀，题云'大宋忠臣蹇材望'。此银，所以为埋瘗之费也。"日系牌与银于腰间，只伺北军临城，则自投水中，且遍祝乡人及常所往来者，人皆怜之。丙子正月旦日，北军入城，骞已莫知所之，人皆谓之溺死。既而，北装乘骑而归，则知先一日出城迎拜矣，遂得本州同知。乡曲人皆能言之。

船　　吼

甲戌岁，越中荣邸两舫舟忽有声如牛吼，移时方止，俗谓之"船吟"，不祥之征也。未几，有透渡之祸。庚寅岁十一月朔，西兴渡以舟子不谨，驱趁渡人上沙太早，既而潮至，趋岸不及，溺死者近百人。时王篆竹、孙小隐同问渡，目睹其事，以钞一锭命舟，仅救三人。孙遂以事白省，遂断两监渡官各一百七下，梢人则处典刑，以谢溺者。既而渡口之舟复大吼，岂溺者有知而然邪？

古狱塔灯

武林右司理院昔为僧寺，有大石塔在焉。风雨阴晦之夕，或现一灯于上，则府主必移易狱有故。甲戌岁，范元章摄右狱日，亲见之。此灯或多至六灯，两两相并于塔之半，其色淡红、而微青，凡数见之。

成都恶事

魏明己之侄有六直阁者，云少年在成都，时方承平，繁盛与京师同。一日，入酒肆中坐，觉卓下有所遗物如钥匙之状，极其光莹，俱各不等，凡数十枚，莫晓其为何物，姑收置之佩囊中。因游狭斜，至深夜方归，忽有三四少年揖于道旁，为礼甚恭，然皆平生素昧者。力邀于酒肆中，坚辞不可，酒再行，乃出向所得如钥之物见还，云："某辈不知先生在此，辄犯不韪，兹谨纳还，然所愿受教于明师。"魏闻其言，略不知所谓，亦不知此为何物，亦莫知缘何为其所取。辞以偶尔得之，初不知为何用。而众犹不信，久而乃散。及扣黠者，则知此物探囊胠箧

之具,此数辈适得之于魏,疑其为高手盗也,欲师之耳。魏惧贾祸,亟毁弃之,久而不敢出市云。^{范元章。}

冯 妇 搏 虎 义

《孟子》冯妇搏虎一章,有以"晋人有冯妇者,善搏虎,卒为善士则之"为断句,"攘臂下车,众皆悦之,其为士者笑之",与前段相对,亦自有义。

盐 养 花

凡折花枝,捶碎柄,用盐筑,令实柄下满足,插花瓶中,不用水浸,自能开花作叶,不可晓也。

文 山 像 赞

有传邓光荐赞文山像云:"目煌煌兮,疏星晓寒;气英英兮,晴雷殷山。头碎柱而璧完,血化碧而心丹。呜呼!谁谓斯人不在世间。"^{祝静得。}

王 茂 林 立 子

王克谦号茂林,无子。后知永嘉,命立修竹为子,时已二十,乃戊戌生,本姓林氏,正合茂林二字,非偶然也。

回 回 送 终

回回之俗,凡死者专有浴尸之人,以大铜瓶自口灌水,荡涤肠胃秽气,令尽。又自顶至踵净洗,洗讫,然后以帛拭乾,用纻丝或绢或布作囊,裸而贮之,始入棺敛。棺用薄松板,仅能容身,他不置一物也。

其洗尸秽水，则聚之屋下大坎中，以石覆之，谓之招魂。置卓子坎上，四日一祀以饭，四十日而止。其棺即日便出瘗之聚景园，园亦回回主之。凡赁地有常价，所用砖灰匠者，园主皆有之，特以钞市之。直方殂之际，眷属皆劈面，捽披其发，毁其衣襟，辟踊号泣，振动远近。棺出之时，富者则丐人持烛撒果于道，贫者无之。既而，各随少长，拜跪如俗礼成服者，然后咶靴尖以乐相慰劳之意，止令群回诵经。后三日，再至瘗所，富者多杀牛马以飨其类，并及邻里与贫丐者。或闻有至瘗所，脱去其棺，赤身葬于穴，以尸面朝西云。辛卯春，于瞰碧目击其事。

接　待　寺

杭之北关接待寺，寺额乃吴傅朋书"敕赐妙行之院"。初，扁甚小，其后展而大之，殊乏书体。其右庑有古观音殿，亦傅朋书，极佳，观音铜像高丈余，唐物也。其一壁作水波，有汹涌势，若毗陵太平寺之类。外有给库石碑立于侧，其文乃铦朴翁撰，姜尧章书。伽蓝神左相公，不知何代人。寺乃淳熙间喻弥陀开山，常施水饭僧于此，有大石井尚存，其深六丈，泉极清冽。喻有塔幢在法堂之左，题云"斋三百万僧瑜弥陀之塔"云。

天　雨　尘　土

辛卯三月初六日甲辰，黄雾四塞，天雨尘土。入人鼻皆辛酸，几案瓦垅间如筛灰。相去丈余，不可相睹。日轮如未磨镜，翳翳无光采，凡两日夜。是夜二鼓，望仙桥东牛羊司前居民冯家失火，其势可畏，凡数路分火，沿烧至初七日，势益盛，而尘雾愈甚，昏翳惨淡，虽火光烟气，皆无所睹。直至午刻方息。南至太庙墙，北至太平坊南街，东至新门，西至旧秘书省前，东南至小堰门吴家府，西南至宗正司、吴山上岳庙、皮场星宿阁、伍相公庙，东北至通和坊，西北至旧十三湾开元宫门楼，所烧逾万家。至今恰一甲子矣。客云："汉成帝建始元年，后周宣帝、陈后主中皆有黄雾之变。"未及考也。

宋江三十六赞

　　龚圣与作《宋江三十六赞并序》曰：宋江事见于街谈巷语，不足采著，虽有高如李嵩辈传写，士大夫亦不见黜。余年少时壮其人，欲存之画赞，以未见信书载事实，不敢轻为。及异时见《东都事略》中载侍郎《侯蒙传》有书一篇，陈制贼之计云："宋江以三十六人横行河、朔、京东，官军数万，无敢抗者。其材必有过人，不若赦过招降，使讨方腊，以此自赎，或可平东南之乱。"余然后知江辈真有闻于时者。于是即三十六人，人为一赞，而箴体在焉。盖其本拨矣，将使一归于正，义勇不相戾，此诗人忠厚之心也。余尝以江之所为虽不得自齿，然其识性超卓有过人者，立号既不僭侈，名称俨然，犹循轨辙，虽托之记载可也。古称柳盗跖为盗贼之圣，以其守壹至于极处。能出类而拔萃若江者，其殆庶几乎！虽然，彼跖与江，与之盗名而不辞，躬履盗迹则无讳者也，岂若世之乱臣贼子，畏影而自走，所为近在一身，而其祸未尝不流四海。呜呼！与其逢圣公之徒，孰若跖与江也！

呼 保 义 宋 江

　　不假称王，而呼保义。岂若狂卓，专犯讳忌。

智多星吴学究

　　古人用智，义国安民。惜哉所予，酒色粗人。

玉麒麟卢俊义

　　白玉麒麟，见之可爱。风尘大行，皮毛终坏。

大 刀 关 胜

　　大刀关胜，岂云长孙？云长义勇，汝其后昆。

活阎罗阮小七

地下阎罗，追魂摄魄。今其活矣，名喝太伯。

尺八腿刘唐

将军下短，贵称侯王。汝岂非夫，腿尺八长。

没羽箭张清

箭以羽行，破敌无颇。七札难穿，如游斜何。

浪子燕青

平康巷陌，岂知汝名？大行春色，有一丈青。

病尉迟孙立

尉迟壮士，以病自名。端能去病，国功可成。

浪里白跳张顺

雪浪如山，汝能白跳。愿随忠魂，来驾怒潮。

船火儿张横

大行好汉，三十有六。无此火儿，其数不足。

短命二郎阮小二

灌口少年，短命何益。曷不监之，清源庙食。

花和尚鲁智深

有飞飞儿，出家尤好。与尔同袍，佛也被恼。

行者武松

汝优婆塞，五戒在身。酒色财气，更要杀人。

铁鞭呼延绰

尉迟彦章，去来一身。长鞭铁铸，汝岂其人。

混江龙李俊

乖龙混江，射之即济。武皇雄争，自惜神臂。

九文龙史进

龙数肖九，汝有九文。盍从东皇，驾五色云。

小李广花荣

中心慕汉，夺马而归。汝能慕广，何忧数奇！

霹雳火秦明

霹雳有火，摧山破岳。天心无妄，汝孽自作。

黑旋风李逵

风有大小，不辨雌雄。山谷之中，遇尔亦凶。

小旋风柴进

风有大小，黑恶则惧。一噎之微，香满太虚。

插翅虎雷横

飞而食肉，有此雄奇。生入玉关，岂伤令姿。

神行太保戴宗

不疾而速，故神无方。汝行何之，敢离太行。

急先锋素超

行军出师，其锋必先。汝勿锐进，天兵在前。

立地太岁阮小五

东家之西，即西家东。汝虽特立，何有吾宫。

青面兽杨志

圣人治世，四灵在郊。汝兽何名，走旷劳劳。

赛关索杨雄

关索之雄，超之亦贤。能持义勇，自命何全。

一直撞董平

昔樊将军，鸿门直撞。斗酒肉肩，其言甚壮。

两头蛇解珍

左啮右噬，其毒可畏。逢阴德人，杖之亦毙。

美髯公朱仝

长髯郁然，美哉丰姿。忍使尺宅，而见赤眉。

没遮拦穆横

出没大行，茫无畔岸。虽没遮拦，难离火伴。

拼命三郎石秀

石秀拼命，志在金宝。大似河鲀，腹果一饱。

双尾蝎解宝

医师用蝎，其体贵全。反其常性，雷公汝嫌。

铁天王晁盖

毗沙天人，证紫金躯。顽铁铸汝，亦出洪炉。

金枪班徐宁

金不可辱,亦忌在秽。盍铸长殳,羽林是卫。

扑天雕李应

鸷禽雄长,惟雕最狡。毋扑天飞,封狐在草。

　　此皆群盗之麾耳,圣与既各为之赞,又从而序论之,何哉?太史公序游侠而进奸雄,不免异世之讥,然其首著胜、广于列传,且为项籍作本纪,其意亦深矣。识者当自能辨之云。华不注山人戏书。

种 葡 萄 法

　　有传种葡萄法,于正月末取葡萄嫩枝长四五尺者,卷为小圈,令紧,先治地土松而沃之以肥,种之止留二节在外。异时春气发动,众萌竞吐,而土中之节不能条达,则尽萃华于出土之二节。不二年,成大棚,其实大如枣,而且多液,此亦奇法也。

插 瑞 香 法

　　凡插之者带花,则虽易活而落花,叶生复死。但于芒种日折其枝,枝下破开,用大麦一粒置于其中,并用乱发缠之,插于土中,但勿令见日,日加以水浇灌之,无不活矣。试之果验。

杨 髡 发 陵

　　杨髡发陵之事,人皆知之,而莫能知其详。余偶录得当时其徒互告状一纸,庶可知其首尾云:"至元二十二年八月内,有绍兴路会稽县泰宁寺僧宗允、宗恺,盗斫陵木,与守陵人争诉。遂称亡宋陵墓有金玉异宝,说诱杨总统,诈称杨侍郎、汪安抚侵占寺地为名,出给文书,将带河西僧人，部领人匠丁夫，前来将宁宗、杨后、理宗、度宗四陵，盗行发掘，割破棺椁，尽取宝货，不计其数。又断理宗头，沥取水银、含珠，用船装载宝货，回至迎恩门。有省台所委官拦挡不住，亦有台察陈言，不见施行。其宗允、宗恺并杨总统等发掘得志，又于当年十一月十一日前来，将孟后、徽宗、郑后、高宗、吴后、孝宗、谢后、光宗等陵尽发掘，劫取宝货，毁弃骸骨。其下本路文书，只言争寺地界，并不曾说开发坟墓，因此江南掘坟大起，而天下无不发之墓矣。其宗恺与总统分赃不平，已受杖而死。有宗允者，见为寺主，多蓄宝货，豪霸一方。"

西 征 异 闻

陈刚中云："成吉思皇帝常西征，渡流沙万余里，其地皆荒寂无人之境。忽有大兽，其高数十丈，一角如犀，能人言，忽云：'此非汝世界，宜速还！'左右皆震恐，耶律楚材<small>楚字晋卿，辽人，博物无所不知，盖张华、郭璞辈</small>。随进云：'此名角猫，<small>音端</small>。能日驰万里，灵异如神鬼，不可犯也。'帝为之回驭。"又云："有大鸟，其一羽足以蔽千人，盖鹏类也。"又云："西域有沙海，正据要津，其水热如汤，不可向近，此天之所限华夷也。终古未尝通中国，忽一夕，有巨兽浮水至，其骨长数十里，横于两涘，如津梁然。骨中有髓窍，可容并马，于是西域之地始通中国。其国谋往来者，每以膏油涂其骨，令润，惧其枯朽，折则无复可通故耳。"

嘲 留 忠 斋

赵子昂入觐之初，上命作诗嘲留忠斋云："状元曾受宋朝恩，目击权奸不敢言。往事已非那可说，好将忠孝报皇元。"留以此衔之终身云。

锁　　阳

鞑靼野地有野马与蛟龙合，所遗精于地，遇春时则勃然如笋出地中。大者如猫儿头，笋上丰下俭，其形不与，亦有鳞甲筋脉，其名曰"锁阳"，即所谓肉苁蓉之类也。或谓鞑靼妇人之淫者，亦从而好合之，其物得阴气，则怒而长。土人收之，以薄刀去皮毛，洗涤令净，日乾之为药。其力百倍于肉苁蓉，其价亦百倍于常品也。五峰云："亦尝得其少许。"

纯色骰钱

闻理宗朝春时，内苑效市井关扑之戏，皆小珰互为之。至御前，则于第二、三扑内供纯馒骰钱，以供一笑。

公 主 添 房

周汉国公主下降，诸阃及权贵各献添房之物，如珠领宝花、金银器之类。时马方山天骥为平江发运使，独献罗钿细柳箱笼百只，并镀金银锁百具，锦袱百条，共实以芝楮百万。理宗为之大喜，后知出于承受姚某者，遂赐金带一条。承受者，即姚静斋之父也。

圣 门 本 草

陈参政揆家集名亦受家传，内有《忸怩集》，乃为举子时程文。又以圣门十哲七十子，各有为本草，无乃不可乎？陈即行之之祖也。

海 鳅 兆 火

壬午岁，忽有海鳅长十余丈，阁于江、浙潮沙之上，恶少年皆以梯升其背,胔割而食之。未几大火,人以为此鳅之示妖。其说无根。辛卯岁,十二月二十二、三间,又有海鳅复大于前者,死于浙江亭之沙上,于是哄传将有火灾。然越二日,于二十四日之夜,火作于天井巷回回大师家,行省开元宫尽在煨烬中,凡毁数千家,然则滥传有时可信也。此欠考耳。此即出于《五行志》中,云:"海鱼临市,必主火灾。"行省即宋秘书省,蓄书并板甚多。故时人云:"昔之木天,今之火地也。"

壬 辰 星 陨

壬辰二月朔甲子,更初有大星如五斗米栲栳大,徐徐自东而西,红光照地,有声殷殷若雷。越日,乃知坠于宗阳宫,火光满室,副宫陈悦道所目击。又闻是晓亦坠于阳坟之升元观,村中皆见火光,后亦无他。

叶 李 纪 梦 诗

叶亦愚右丞辛卯八月初四日夜,忽梦一老人,曰:"汝前为文昌相,坐漏泄天机遭谪,能悔过,当复职。"引之至通明、大明二殿,俾为主殿之职,于是赋诗四章以谢。及觉,仅记其一,云:"通明殿逼紫微垣,一朵红云拥至尊。下土小臣勤稽首,愿将惠泽溥元元。"于是作诗以记其事,云:"宋时豪士石曼卿,帝命作主芙蓉城。我才比石万无一,半世虚负狂直名。年来似有丧心疾,荐共引鲧辜苍生。天诛未加公论沸,日夕惟待鼎镬烹。何哉异梦出非想,忽遇仙老谈真情。谓予夙是文昌相,漏泄轻举遭弹抨。帝令谪堕饱忧患,且使两足蹒跚行。追思善步不可得,飞升妙术矧敢轻。当时廷议只如此,汝悔当复惟相迎。稽首老仙谢慈愍,臣罪当死天子明。久之寂灭一大乐,盖棺待尽无他营。老仙笑许汝可教,引领直上朝玉京。通明、大明二宫殿,林木翁萃阶瑶琼。芙蓉烂漫锦欲似,帝皇锡以主殿名。赋诗奏谢九拜起,玉音嘉奖傍观荣。痴人说梦聊一快,我独知命不少惊。只恐才非曼卿敌,相见惭汗应如倾。从今闭目需帝召,玉楼续记时当成。儿孙自有儿孙福,与侬报国须勤耕。"明年壬辰二月初六卒。

海　蛆

李声伯云:"常从老张万户入海,自张家浜至盐城,凡十八沙,凡海舟阁浅沙势,须出米令轻。如更不可动,则便缚排求活,否则舟败不及事矣。舵梢之木曰铁棱,或用乌婪木,出钦州,凡一合直银五百两。其铁猫大者重数百斤。尝有舟遇风下钉,而风怒甚,铁猫四爪皆折,舟亦随败,极可异也。凡海舟,必别用大木板护其外,不然,则船身必为海蛆所蚀。凡运粮则自莱州三神山再入大洋,七日转沙门岛,可至直沽,去燕止百八十里耳。"

北 方 大 车

北方大车可载四五千斤,用牛骡十数驾之。管车者仅一主一仆,叱咤之声,牛骡听命惟谨。凡车必带数铎,铎声闻数里之外,其地乃荒凉空野故耳。盖防其来车相遇,则预先为避,不然恐有突冲之虞耳。终夜劳苦,殊不类人,雪霜泥泞,尤艰苦异常。或泥滑陷溺,或有折轴,必须修整乃可行,濡滞有旬日。然其人皆无赖之徒,每挟猥娼同处于车箱之下,籍地而寝,其不足恤如此。

全 氏 孪 鬼

壬辰四月二十日,全霖卿子用之妻史氏,<small>史盛之女。</small>诞子先出双足,足类鸡鹅。乳医知其异,推上之,须臾别下双足,继而肠亦并下,乃孪子也。皆男子,而头相抵,发相结,其貌如狞鬼,遂扼杀之,母亦随殂。

押 不 芦

回回国之西数千里地,产一物极毒,全类人形,若人参之状,其酋名之曰"押不芦"。生土中深数丈,人或误触之,着其毒气必死。取之法,先于四旁开大坎,可容人,然后以皮条络之,皮条之系则系于犬之足。既而用杖击逐犬,犬逸而根拔起,犬感毒气随毙。然后就埋土坎中,经岁然后取出曝干,别用他药制之。每以少许磨酒饮人,则通身麻痹而死,虽加以刀斧,亦不知也。至三日后,别以少药投之即活。盖古华陀能刳肠涤胃以治疾者,必用此药也。今闻御药院中亦储之,白廷玉闻之卢松厓。或云:"今之贪官污吏赃过盈溢,被人所讼,则服百日丹者,莫非用此。"

种　茯　苓

道士郎如山云:"茯苓生于大松之根,尚矣。近世村民乃择其小者,以大松根破而系于其中,而紧束之,使脂液渗入于内,然后择地之沃者,坎而瘗之。三年乃取,则成大苓矣。洞霄山最宜茯苓,往往民多盗种,密志之而去,数年后乃取焉。种者多越人云。"

叶李姓名二士

叶亦愚名李,先为叶山所攻,后为李性学所窘,遂以此饮恨而死。盖二人正寓其姓名云。

讼　学　业　觜　社

江西人好讼,是以有"簪笔"之讥。往往有开讼学以教人者,如金科之法,出甲乙对答,及哗讦之语,盖专门于此。从之者常数百人,此亦可怪。又闻括之松阳有所谓业觜社者,亦专以辨捷给利口为能,如昔日张槐应,亦社中之玚玚者焉。陈石涧、李声伯云。

相　马　法

马之壮者,眼光照人见全身;中年者,照人见半身;老者,照人仅见面耳。此鞑靼相马之法。张受益。

碑　盖

赵松雪云："北方多唐以前古冢。所谓墓志者，皆在墓中，正方而上有盖，盖丰下杀上，上书某朝某官某人墓志，此所谓书盖者。盖底两间，用铁局局之。后人立碑于墓道，其上篆额止谓之额，后讹为盖，非也。今世岁月志，乃其家子孙为之，非所谓墓碑也，古者初无岁月志之石。"

驼　峰

驼峰之隽，列于八珍。然驼之壮者两峰坚耸，其味甘脆，如熊白奶房而尤胜。若驼之老者，两峰偏鄨，其味淡韧，如嚼败絮。然所烹者，皆老而不任负重者，而壮有力者，未始以为馔也。子昂。

解　厄　咒

行御史台监察御史周维卿以言事忤权臣得罪，远流西北方名哈刺和林，去燕京八千里。周知不免，日夕持诵《高王观世音经》。一夕，梦有僧问之曰："汝曾诵《高王观世音经》否？"曰："然。"僧于是口授一咒与之，此观世音菩萨应现解厄神咒也，持诵一万二千遍，可以免难。梦中熟诵，及觉即书之纸，自是持诵不辍，无何得还燕京。而权臣怒犹未已，复系刑部狱。周在狱持诵益勤，未几，遣使云南以自赎。至彼合番僧加瓦八遍阅《大藏经》，得梵本咒，比梦中惟欠三字。未几，权臣诛，遂除刑部郎中，还其妻子财物，人以为诵咒之力云。咒曰：

答侄他侄音只他音。唵呋啰哦哆呋哦音他喑。　呋啰哦哆呋呵哦哆　啰呋哦哆　啰呋哦哆娑呵

霍　山　显　灵

杭之霍山张真君祠宇雄壮，香火极盛，自兵火后，渐致颓圮，此役甚大，人无复问之者。辛卯，朱宣慰运米入京，自登、莱抛大洋三神山转料以往，忽大风怒作，急下钉铁猫，折其三四，舵干铁棱，轧轧有声欲折，一舟之人皆分已死。主者露香望空而拜乞命，忽于黑云中震霆有声，出大黄旗，上书"霍山"二字，于是舟人呕拜，许以再新殿宇，以答神贶。须臾，风涛贴然，遂获安济。是冬入杭，遂捐钞千锭，崇建鼎新云。

黄　芦　城　干

长城之旁居人，以积雨后或有得坚木于城土中，识者谓名"黄芦木"。乃当时用以为城干用者，性极坚劲，不畏水湿而耐久，至今一二千年，犹有如楹大者，以之为枪干最佳。盖筑城无以为干不可，所谓不谨而置薪焉者，又何邪？受益。

续集下

徐 渊 子 词

竹隐徐渊子似道，天台人，名士也，笔端轻俊，人品秀爽。初官为户曹，其长方以道学自高，每以轻脱目之。渊子积不能堪，适其长丁母忧去官，渊子赋《一剪梅》云：道学从来不则声，行也《东铭》，坐也《西铭》。爷娘死后更伶仃，也不看经，也不斋僧。　　却言渊子大狂生，行也轻轻，坐也轻轻。他年青史总无名，我也能亨，你也能亨。能亨，乡音也。

龙 负 舟

壬辰水祸已作，往往龙物示现，多至十余。湖州土山有富人命数仆驾舟，往田所点视塍岸，至漾中，凡水阔之处名曰漾。忽舟若凑浅不能进，极力撑挽，略不为动，意必为暗石所碍。及令仆下水负，乃知舟正阁龙脊上，而篙亦正刺龙鳞间。惊窘无策，遂舍舟，急令仆善水者负之登岸，急逃归。再片时，龙跃而起，凡其处田畴数百亩皆为巨浸。其人归舍皆卧病，一人死焉。

白 玉 笙 箫

理宗朝，张循王府有献白玉箫管长二尺者，中空而莹薄，奇宝也，内府所无。即时有旨补官。未几，韩蕲王府有献白玉笙一攒，其薄如鹅管，其声清越，真希世之珍也。此二物皆在军中日得之北方，即宣和故物也。

白玉出香狮

龟溪李大卿之子，娶韩平原君之女，奁具中有白玉出香狮子，高二尺五寸，精妙无比，真奇玩也。后闻归之福邸云。

画本草三辅黄图

先子向寓杭，收拾奇书。大庙前尹氏书肆中，有彩画《三辅黄图》一部，每一宫殿绘画成图，极精妙可喜，酬价不登，竟为衢人柴望号秋堂者得之。至元斥卖内府故书于广济库，有出相彩画《本草》一部，极奇，不知归之何人。此皆书中之奇品也。

水落石出笔格

米氏砚山后归宣和御府，今闻说流落台州戴氏家，不可见之。杭省广济库出售官物，有灵璧石小峰，长仅六寸，高半之，玲珑秀润，卧沙水道，裙折胡桃文皆具，于山峰之顶有白石，正圆莹如玉，徽宗御题八小字于石背曰："山高月小，水落石出。"略无雕琢之迹。真奇物也。

吴妓徐兰

淳祐间，吴妓徐兰擅名一时。吴兴乌墩镇有沈承务者，其家巨富，慕其名，遂驾大舟往游焉。徐知其富，初至则馆之别室，开宴命乐，极其精腆。至次日，复以精缣制新衣一袭奉之。至于舆台，各有厚犒，如此兼旬日，未尝略有需索。沈不能自已，以白金五百星并彩缣百匹馈之。凡留连半年，糜金钱数百万而归。于是徐兰之声播于浙右，豪侠少年，无不趋赴。其家虽不甚大，然堂馆曲折华丽，亭榭园池，无不具。至以锦缬为地衣，乾红四紧纱为单衾，销金帐幔，侍婢执乐音十余辈，金银宝玉器玩、名人书画、饮食受用之类，莫不精妙，遂为三吴之冠。其后死葬于虎丘,太学生边云遇作墓铭云:"此亦娼中之贵者。其后如富沙之唐媚、魏华、苏翠,京口邢蕊、韩香,越之杨花、缪翠,皆以色艺称。士大夫之不自检者,往往为其所污,屡见之于白简云。"

冰 蛆 飞 驼

西域雪山有万古不消之雪,冬夏皆然。中有虫如蚕,其味甘如蜜,其冷如冰,名曰"冰蛆",能治积热。郭祐之云:冰蛆今杭州路达鲁花赤乐连木尝为使臣至其处,亲见之。又赛尚书尝宦于云南,亦有。毛曾带得数条来,亦尝见之,其大如指。又有飞骆驼。又有马高一丈余,人皆行于马腹下,往来无碍。

虹 见 井 中

丁未岁,先君为柯山倅。厅后屏星堂前有井,夏月雨后,虹见于井中,五色俱备,如一匹彩,轻明绚烂,经一时乃消,后亦无他。

道 学

尝闻吴兴老儒沈仲固先生云:"道学之名,起于元祐,盛于淳熙。其徒有假其名以欺世者,真可以嘘枯吹生。凡治财赋者,则目为聚敛;开阃扦边者,则目为粗材;读书作文者,则目为玩物丧志;留心政事者,则目为俗吏。其所读者,止《四书》、《近思录》、《通书》、《太极图》、《东西铭》、《语录》之类,自诡其学为正心、修身、齐家、治国、平天下。故为之说曰:'为生民立极,为天地立心,为万世开太平,为前圣继绝学。'其为太守,为监司,必须建立书院,立诸贤之祠,或刊注《四书》,衍辑语录。然后号为贤者,则可以钓声名,致膴仕,而士子场屋之文,必须引用以为文,则可以擢巍科,为名士。否则立身如温国,文章气节如坡仙,亦非本色也。于是天下竞趋之,稍有议及,其党必挤之为小人,虽时君,亦不得而辨之矣。其气焰可畏如此。然夷考其所行,则言行了不相顾,卒皆不近人情之事。异时必将为国家莫大之祸，恐不在典午清谈之下也。"余时年甚少，闻其说如此，颇有嘻其甚矣之叹。其后至淳祐间，每见所谓达官朝士者，必愤愤冬烘，弊衣菲食，高巾破履，人望之知为道学君子也。清班要路，莫不如此，然密而察之，则殊有大不然者，然后信仲固之言不为过。盖师宪当国，独握大柄，惟恐有分其势者，故专用此一等人，列之要路，名为尊崇道学，其实幸其不才愤愤，不致掣其肘耳。以致万事不理，丧身亡国，仲固之言，不幸而中。呜呼！尚忍言之哉。

秦　九　韶

秦九韶，字道古，秦凤间人。年十八，在乡里为义兵首，豪宕不羁。尝随其父守郡，父方宴客，忽有弹丸出父后，众宾骇愕，莫知其由。顷加物色，乃九韶与一妓狎，时亦抵筵，此弹之所以来也。既出东南，多交豪富，性极机巧，星象、音律、算术以至营造等事，无不精究。迄尝从李梅亭学骈俪、诗词、游戏、球马、弓剑，莫不能知。性喜奢好大，嗜进谋身，或以历学荐于朝，得对有奏稿，及所述教学大略。与吴履斋交尤稔。吴有地在湖州西门外，地名菩上，正当苕水所经入城，面势浩荡，乃以术攫取之。遂建堂其上，极其宏敞，堂中一间横亘七丈，求海枕之奇材为前楣，位置皆自出心匠。凡屋脊两翚抟风，皆以砖为之。堂成七间，后为列屋，以处秀姬、管弦。制乐度曲，皆极精妙。用度无算，将持钵于诸大阃，会其所养兄之子与其所生亲子妾通，事泄，即幽其妾，绝其饮食而死。又使一隶偕此子以行，授以毒药及一剑，曰："导之无人之境，先使仰药；不可，则令自裁；又不可，则挤之于水中。"其隶伪许而送之所生兄之寓鄂渚者，归告事毕。已而，寝闻其实，隶惧而逃，秦并购之。于是罄其所蓄自行，且求其子及隶，将甘心焉。语人曰："我且赍十万钱如扬，惟秋壑所以处我。"既至，遍谒台幕，洪恕斋勋为宪，起而贺曰："比传令嗣不得其死，今君访求之，是传者妄也。可不贺乎？"秦不为答。久之，贾为宛转得琼州，行未至，怒迓者之不如期，取驭卒戮之。至郡数月罢归，所携甚富。己未透渡，秦喜色洋洋然，既未有省者，则又曰："生活皆为人揽了也。"时吴履斋在鄞,亟往投之。吴时将入相,使之先行曰:"当思所处。"秦复追随之。吴旋得谪,贾当国,徐摭秦事,窜之梅州。在梅治政不辍,竟殂于梅。其始谪梅离家之日,大堂前大楣中断,人谓不祥。秦亡后,其养子复归,与其弟共处焉。余尝闻杨守斋云:"往守霅川日,秦方居家,暑夕与其姬好合于月下。适有仆汲水庭下,意谓其窥己也,翌日遂加以盗名,解之郡中。且自至白郡,就欲黥之。"杨公颇知其事,以其罪不至此,遂从杖罪断遣。秦大不平,然匿怨相交如故。杨知其怨己,每阙其亡而往谒焉。直至替满而往别之,遂延入曲室,坚欲苟留。杨力辞之,遂荐汤一杯,皆如墨色,杨恐甚,不饮而归。盖秦向在广中多蓄毒药,如所不喜者,必遭其毒手,其险可知也。陈圣观云。

吴生坐亡

故都向有吴生者,专以偏僻之术为业,江湖推为巨擘。居朝天门,开大茶肆,无赖少年竞登其门。其后贾师宪在扬州,补以勇爵,遂有制属之称。兵火后,忽谢绝妻子,剪发为僧,居吴门东禅寺,众寮素与游者邀之饮酒食肉,皆不拒也。尝于寺邻僦小房,为出入憩息之地。一日,忽置酒治具,尽招平日狎游诸友大会,歌笑竟日。酒将阑,据坐胡床,命笔作偈,跏趺端坐。众皆大笑而呼之,则果逝矣。岂所谓顿觉者耶?

银瓶娘子签

太学忠文庙,相传为岳武穆王并祠。所谓银瓶娘子者,其签文与天竺一,同如门里心肝卦,私试得之必中,盖私试榜卦于中门内故也。如飞鸿落羽毛,解试得之者必中,以鸿中箭则羽毛落。

上庠斋牌

上庠斋牌亦有关系。雷宜中为成均时,立三槐市于学前,市字似弔字，即时学生三人皆不得其死。存心斋立斗魁牌，当时十三人遇省，既而徐撼死，以斗字止为十二也。笃信斋立德聚牌，时本斋一十四人赴会试，仅二人。盖德字虽有十四字，而聚字乃取二人之谶也。

入 燕 士 人

丙子岁春，三学归附士子入燕者，共九十九人。至至元十五年所存者止一十八人，各与路学教授。太学生一十四人，文学二人，武学二人。

赵希榛浦城，严教。	林立义福州，秀教。
赵孟镠福州，苏教。	徐武子温州，温教。
潘梦桂明州，明教。	黄元辉福州，福教。
吴时森上虞，越教。	陈寅之福州，泉教。
赵又贵福州，处教。	沈唐光漳州，漳教。
许又进许州，建宁教。	林桂发杭州，润教。
张观光婺州，婺教。	黄子敏杭州，宣教，改南钦教。
金 炎杭州，松江教。	虞廷桂长兴，湖教。
陈自立福州，福清教。	高 选福州，杭教。

卖 阙 沈 官 人

昔有卖阙沈官人者，本吴兴之族，专以卖阙为生，膳百余指。或遇到部干堂之人，欲得便家见阙者，或指定何路，或干僻阙，虽部胥掌阙簿者，亦不过按图索骏。时方员多阙少，动是三五政十年，殊不易得。必往扣之，门外之履常满。彼必先与谐价邀物为质，或立文约，然后言某处为见阙，某处减两政。虽在官累数政，缘上政某人，已于何时事故，有见亲弟若亲故见在某处，某恤可问而知。次政某人，见行通理月日，补填岁月，不俟终更已，常于考功或他所属投放文书，见是吏人某，承行可问而知。次某人则近于此月某日已行丁忧，各详援亲戚乡人可证者。乃各相引指踪迹访问具的，然后能射阙，阙已则以

所许酬之。天下诸州属县大小员阙，无一不在其目中，如指诸掌。亦
各有小秩，然时时揭帖，实为觅阙之指南，虽有费不惮也。他人欲效
之，皆不能逮，盖人之心计各有所长如此。

爱　　水

《楞严经》云："因诸爱受染，发起妄思，情积不能休，生爱水。是
故众生心忆珍羞，口中水出。心忆前人，或怜或恨，目中泪盈。贪求
财宝，心发爱涎，举体光润。心著行淫，男女二根，自然流液。"又曰：
"淫习交接，发于相磨。"

避 讳 去 姓

叶亦愚之为右丞相也，李㵎泉班通书题衔云："门生中奉大夫福
建道宣慰使班。"盖径去自己之姓，以避其名，其苟贱不足道如此。㵎
泉在前朝为省元，为从官，为督府参谋，所守如此，宋安得不亡！

贡 狮 子

近有贡狮子者，首类虎，身如狗，青黑色，官中以为不类所画者，
疑非真。其入贡之使遂牵至虎牢之侧，虎见之，皆俯首帖耳，不敢动。
狮子遂溺于虎之首，虎亦莫敢动也。以此知为真狮子焉。唐阎立本
画文殊所骑者，及世俗所装戏者，为何物？岂所贡者乃狮子之常，而
佛所骑者为狮子之异品邪？又云，狮子极多力，十余人挽之始能动。
伯机坐中，闻杜郎中云。

倭 人 居 处

倭人所居，悉以其国所产新罗松为之，即今之罗木也，色白而香，
仰尘地板皆是也。复涂以香，入其室则芬郁异常。倭妇人体绝臭，乃

以香膏之，每聚浴于水，下体无所避，止以草系其势，以为礼。番船至
四明，与娼妇合，凡终夕始能竟事。至其畅悦，则大呼如猨猱，或恶其
然，则以木槌扣其胫乃止。然下体虽暑月亦服至数重，其衣大袖而
短，不用带。食则共置一器，聚坐团食，以竹作折折取之。鞋则无跟，
如罗汉所著者，或用木，或以细蒲为之。所衣皆布，有极细者，得中国
绫绢则珍之。其地乃绝无香，尤以为贵。其聚扇用倭纸为之，以雕木
为骨，作金银花草为饰，或作不肖之画于其上。

马赵致怨

马华父光祖知高沙日，戍军叛，华父抚谕不从，遂藏身后圃乱荷
中获免。其家人散走藏匿，华父之妻则匿于都吏之家，遂为所污。赵
信国自维扬提兵至郡讨叛，令王克仁入城抚谕，遂诛首谋者百余人。
赵遂系吏者，缠以麻绹，渍之以油，用大竿称于通衢而燃之。华父惭
怒，以赵为彰其家丑，遂构大怨。其后华父开江阃，遂辟王容之子某
为溧水令，俾觇赵过，将甘心焉。赵公知之，遂首以外执政一削举之，
且为宛转料理改秩。马知其故，遂劾去之。其后建清溪诸贤祠，凡仕
于江、淮者皆在祀列，独信国之父忠肃公方不得预焉。

南丹婚嫁

周子功云：“南丹州男女之未婚嫁者，于每岁七月聚于州主之厅，
铺大毯于地。女衣青花大袖，用青绢盖头，手执小青盖；男子拥髻，皂
衣皂帽，各分朋而立。既而，左右队长各以男女一人推仆于毯，男女
相抱持，以口相呵，谓之‘听气’。合者即为正偶，或不合，则别择一人
配之。盖必如是而后成婚，否则论以奸罪也。”

相 怜 草

又云：“彼之山中，产相怜草，媚药也。或有所瞩，密以草少许掷

之,草心著其身不脱,彼必将从而不舍。尝得试辄验,后为徐有功取去。"

石 洞 雷 火

费洁堂伯恭云:"重庆受围之际,城外一山极崄绝,有洞,洞口仅容一人,而其间可受数百人。于是众竞趋之,复以土石窒其穴。时方初夏,一日,忽大雷雨,火光穿透洞中,飞走不定。其间有老者云:'此必洞中之人有雷霆死者。'遂取诸人之巾,以竹各悬之洞外。忽睹雷神于内取一巾而去,众遂拥失巾之人出之洞外,即有神物挟之而去,至百余步外仆于田中,其人如痴似醉,莫知所以然。及雷雨息,复往洞中问之,但见山崩坏,洞中之人皆被压死,无一人得免祸者,惟此失巾人获存耳。"

按 摩 女 子

马八二国进贡二人,皆女子,黑如昆仑,其阴中如火,或有元气不足者与之一接,则有大益于人。又有二人能按摩,百疾不劳药饵。或有心腹之疾,则以药少许涂两掌心,则昏如醉,凡一昼夜始醒,皆异闻也。或谓此数人至前途,因不服水土皆殂。

老张防御沈垚

杭医老张防御向为谢太后殿医官,革命后,犹出入杨驸马家,言语好异,人目为"张风子"。然其人尚义介靖,不徇流俗,其家影堂之上作小阁,奉理宗及太后神御位牌,奉之惟谨,以终其身焉。可谓不忘本者矣。杨府九位有掠屋钱人沈垚者,居长生老人桥,每至杨和王忌辰,必设位书"恩主杨和王",供事惟谨。人问其故,则云:"某家在世,皆衣食其家,今其位虽凌替,然不敢忘此。"亦小人知义者。今世号为士大夫者,随时上下,自以为巧而得计,视此真可愧矣!

蔡 陈 市 舶

永嘉有蔡起莘,尝为海上市舶。德祐之末,朝廷尝令本处部集舟楫,以为防招之用。其处有张曾二者,颇黠健,蔡委以为部辖。既而本州点撞所部船,有违阙,即欲置张于极刑,蔡力为祈祷,事从减。明年,张宣使部舟欲入广,又以张不能应办,欲从军法施行。蔡又祈免之,遂命部舟入广以赎罪。未几,厓山之败,张尽有舟中所遗而归觐,骤至贵显。蔡既归温,遂遭北军所掳,家遂破焉。因挈家欲入杭,谒亲故,道由张家浜,偶怀张曾二部辖者居此,今不知何如,漫扣之酒家,云:"此处止有张相公耳。"因同酒家往谒之。张见蔡,即下拜,称为"恩府",延之入中堂,命儿女妻妾罗拜,白曰:"我非此官人,无今日矣。"遂为造宅置田,造酒营运,遂成富人。张即今宣慰也,名瑄。同时继蔡为市舶者,姓陈,名壁,天台人。有方元者,世居上海,谨徒也。因事至官,陈遂槌折方手足,弃之于沙岸。后医治复全,革世后,隶张万户为头目。因部粮船往泉南,至台境,值大风不行,遂泊舟山下。因取薪水登岸,望数里外有聚屋,扣之土人,则云:"前上海陈市舶家也。"方生意疑为向所见杀者,即携酒往访之。陈出迎,已忘其为人,扣所从来,方以阻风告。陈遂置酒,酒半酣,方笑曰:"市舶还记某否?某即向遭折手足方元也。"陈方愕然,逊谢。三鼓后,方哨百人秉炬挟刃而来,陈氏一家皆不得免焉。此二事,一为报恩,一为复怨,皆得之于天。

铁 蛆

鲜于伯机云向闻其乃翁云:北方有古寺,寺中有大铁锅,可作数百人食。一夕,忽有声如牛吼,晓而视之,已破矣。于铁窍中有虫,色皆红,凡数百枚,犹有蠕动者。铁中生虫,亦前所未闻也。

捕　狸　法

捕狸之法，必用烟薰其穴，却于别处开穴，张置捕，如拾芥。然狸性至灵，每于穴中迭土作台以处，且可障烟，夏月则于台下避暑，可谓巧矣。而捕者又必穷其台之所之而后止，可谓不仁也。

兰 亭 两 王 俣

山阴之亭，其扁乃靖康中箕山王俣书。壬辰岁，全楚卿舍天章寺旁庵田三十亩为兰亭书院，其扁乃廉访分司王俣书之。二百年间同姓同名，可谓异矣！

洪起畏守京口

洪起畏知京口日，乃北军入境之初，尝大书揭榜四境曰："家在临安，职守京口，北骑若来，有死不走。"其后举郡以降，或为人改其末句云："不降则走。"卫山斋云。

张 世 杰 忠 死

张世杰之战海上也，尝与祥兴之主约曰："万一事不可为，则老臣必死于战，有沉香一株，重千余两，是时当焚此香为验，或香烟及御舟，可即遣援兵。或不然，宜速为之所，无堕其计中也。"及厓山之败，张俨然立船首，焚香拜天曰："臣死罪，无以报国，不能翊运辅主，惟天鉴之。"尚有将佐三十余人，亦立其后，如此者凡一昼夜，从者亦耸立不少动。既而，北军拥至，篙师亦皆以小舟逃去，风起浪涌，舟遂沉，溺者甚众。其部曲有张霸都统者，遂收其遗赀，放舟回至永嘉海洋中，与之招魂作佛事。时周文英者一舟正泊对港，远见旗船，遣人觇之，则知为将军也。遂轻舟往见之，甚欢，因谓张曰："二王既死，吾侪无主,若放浪海中,与盗贼何异?"意欲与之投拜也。张素知其人中险,漫尔应之。次日,张欲置酒招周,将乘间图之。适有人往报于周,周亟杀一马,拂明,亟遣以半体送之,曰:"昨见相公,回马适踠足,今已烹之,敢屈相公一醉。"张不虞其机已露,乃曰:"今日本欲相招,乃为君所先,当即往就邀以归也。"至则周杀张于坐中,因抚其部曲。张军头目竞献子女玉帛,周尽却之,令各自收拾,同往广中梁相公处投拜。止留张世杰所爱二内人,皆绝色也,二人常持家事,尽知世杰所有宝玩及供军金帛数。既约日进发,则凡张军诸舟,各差守把,不许一人登岸,凡数十船金宝,悉卷而有之。既约日进,复以世杰节度使印以为根脚,授广州宣慰使。及其还江南也,异时随二王官属、贵珰、幕士,竞往投之,附其舟以归,周皆为料理舟楫。及舟发至海中,乃尽杀之,掩有数家之财焉。时毛文豹为士人,处梁相公之馆,备知其事,故告发焉。

许　夫　人

周文英之父名彦荣,守节死于毗陵。昔在闽、广时,有许夫人者,聚兵立山寨甚盛,周每至其寨往来,许悦之,因嫁焉。遂辟诸山寨,最后至一寨,遇伏,前值水坎,周跃马过之,许马弱,堕坎,遂为所烹。周遂据其所有云。李声伯云。

孕　妇　双　胎

安吉县村落间有孕妇,日馌其夫于田间,每取道自丛祠之侧以往。祠前有野人,以卜为业,日见其往,因扣之,情寖洽。一日,妇过之,卜者招之曰:"今日作馄饨,可来共食。"妇人就之,同入庙中一僻静处,笑曰:"汝腹甚大,必双生子也。"妇曰:"汝何从知之?"曰:"可伸舌出看,可验男女。"妇即吐舌,为其人以物钩之,遂不可作声。遂刳其腹,果有孪子,因分其尸,烹以祀神。且以孪子炙作腊,为鸣童预报之神。至晚,妇家寻觅不见,偶有村翁云:"其每日与卜者有往来之迹。"疑其为奸,遂入庙捕之,悉得其尸,并获其人,解之县中。盖左道者以双子胎为灵丹,乃所不及也。<small>壬辰之冬。</small>

屠 节 避 讳

省吏屠节尝出知道州,太守省札,其本房书吏以避贾相之名,遂书作某人知春陵州事。贾见之大怒,批出云:"二名不偏讳,临文不讳,皆见于《礼经》。今屠节乃敢擅改州名,可见大无忌惮,使不觉察,岂不相陷?"决欲黜之。后以诸省吏罗拜恳告,遂从编置,即存博之□也。

回 人 送 炭

牟献之巘,存斋之子,旧为浙东宪,尝有谢人送炭一联云:"翻手可覆手,曲身成直身。"

赵 孟 巕 台 评

赵孟巕因诱买王寿姜楚□□,遂为曾渊子所论,一联云:"乔妾之归,承嗣忍著主衣;周颋之事,□□殆非人类。"

金 钩 相 士

文时学昔为秘书郎日,有金钩相士,朝省会日挤于厅吏辈入省中,遍阅诸馆职,继而扣之云:"左偏坐二人,一月皆当补外。潘墀、王世杰。末坐一少年,最不佳,官虽极穹,然当受极刑。"扣其何以知之?云:"顶有拳发,此受刑之相也。凡人若具此相,无得免者。"盖文宋瑞时为正字,居末坐也。未几,潘、王果出,而宋瑞之事乃验于两纪之后,可谓神矣。又尝见宋瑞自云:"平生凡十余次梦中见髑髅满前后无数,此何祥也。"然则异时之事,岂偶然哉!<small>本心翁癸巳六月。</small>

十　干　纪　节

或云"上巳"当作十干之"己"，盖古人用日例以十干，如上辛、上戊之类，无用支者。若首午尾卯，则上旬无巳矣。故王季夷嵋《上己词》云："曲水湔裙三月二。"此其证也。

文山书为北人所重

平江赵昇卿之侄总管号中山者云："近有亲朋过河间府，因憩道傍，烧饼主人延入其家，内有小低阁，壁帖四诗，乃文宋瑞笔也。漫云：'此字写得也好，以两贯钞换两幅与我如何？'主人笑曰：'此吾传家宝也。虽一锭钞一幅，亦不可博。咱们祖上亦是宋民，流落在此。赵家三百年天下，只有这一个官人，岂可轻易把与人邪？文丞相前年过此与我写的，真是宝物也。'斯人朴直可敬如此，所谓公论在野人也。"癸巳九月。

至元甲午节气之巧三十一年

正月初一日壬子立春　二月初二日癸未惊蛰　三月初三日癸丑清明　四月初四日甲申立夏　五月初五日甲寅芒种　六月初六日乙酉小暑　七月初七日乙卯立秋　八月初八日乙酉白露　九月初九日丙辰寒露系亥正初刻至初八日，至有四刻日之迟。　十月初十日丙戌立冬　十一月十一日丁巳大雪　十二月十二日丁亥小寒

夷考百年以来理宗宝祐四年丙辰

正月一日立春　二月二日惊蛰　三月三日清明　四月四日立夏五月五日芒种　六月六日小暑　七月七日立秋　八月八日白露九月九日寒露　十月十日立冬　十一月十一日大雪　十二月十二日

小寒

徐未见如此者,亦一奇事也。

香炉峰桐柏山

越上有香炉峰,唐德宗时,有告于朝者,言此山有天子气,于是遣使凿其山。理宗高祖周元肃王向祗投于河南,死焉,其子楚王遂挟父母遗骨以归越,葬于香炉峰下。于是前说验焉。又杭之仁和县有桐柏山,宣和中,蔡京尝葬其父于临平,及京败,或谓此为骆驼饮海势,遂行下本路,遣匠者凿破之。有金鸡自石中飞出,竟渡浙江,其地至今有开凿之径。知地理者谓犹出带血天子,而后济王实生其地。_{赵节山云。}

失 诰 碎 带

丙寅冬,嗣荣王拜福王之命,贾御医将上命部押仪物过越,及至邸第,则遗忘诰命及新铸之印,人皆以为不祥。贾师宪景定庚申自江上凯旋归朝,遂拜少师,赐玉带。及入朝之日,马蹶而坠,碎其带焉,人人皆知为不祥。

吴 氏 鸟 卵

吴子明居杭之横塘,晚年闲步水滨,忽见泥中一物蠕动,疑为蛇类,细视之,乃一鸟卵,大可如拳。心异之,遂取归,置之圣堂净水盂中。旋即涨大,忽发大声,穿屋而出,或以为龙卵云。然吴竟以此惊悸成疾而殂。

鲁 港 风 祸

或谓贾平章鲁港之师,尝与北军议定岁币,讲解约于来日各退师一舍，以示信。既而，西风大作，北军之退西者旗帜皆东指。南军都拨发孙虎臣意以为北军顺风进师，遂仓忙告急于贾，贾以为北军失信而相绐，遂鸣锣退师。及知其误，则军溃已不可止矣。是南军既退之后，越一宿而北军始进，盖以此也。呜呼，天乎！

慈宪生吉兆

慈宪全夫人之生也，其父全翁大节忽门外有大蛇蟠绕一大树间，细而视之，则其蛇有两小角。方以为异，将入呼儿侄辈逐之，则报以得女，而蛇不复见矣。福王妻柔懿李夫人之生也，忽大雷雨，有龙入其室，而夫人生焉。

德祐二子名

福王长子小字祐孙，庚子生，即不育。次日黄氏所生小字德，即绍陵也，盖取并立人二字，后乃应德祐之号，异哉！

绍陵初诞

绍陵之在孕也，以其母贱，遂服坠胎之药，既而生子手足皆软弱，至七岁始能言。黄氏德清人，乃李夫人从嫁，名定喜，后封隆国育圣夫人。

宁宗不慧

或谓宁宗不慧而讷于言，每北使入见，或阴以宦者代答。

衢吏徐信

衢之常山有道院，三月三日上真诞辰，道侣云集，吏魁徐信主此会。有一道人阄得如意袋三,寄留徐家,约以四月八日合会复至以取,且赠以诗云:"一方眼目共推尊,祸福无门却有门。夜半或传人一语,明朝推背受皇恩。"徐大刻之石,及期,道人不至。未几,詹峒作梗,诬其罪于徐,夜半省札下,竟伏极刑。陆大匹时为龙游宰,亲言之。

征 日 本

至元十八年,大军征日本。船军已至竹岛,与其太宰府甚迩,方号令翌日分路以入,夜半忽大风暴作,诸船皆击撞而碎,四千余舟所存二百而已。全军十五万人,归者不能五之一,凡弃粮五十万石,衣甲器械称是。是夕之风,木大数围者皆拔,或中折,盖天意也。李顺丈为令史,目击而言。

束 手 无 措

束元嘉知海陵,泰州。禁醋甚严,有大书于郡门曰:"束手无措。"

蜘 蛛 珠

蒙古歹之在福建省时,有村落小民家一妇人,以织麻为业,每夜沤麻于大水盎中。忽一日视之,盎中水涸矣。视之,初无罅漏,凡数夕皆然。怪其异,至夜俟之。夜过半,果有一物来,径入盎中饮水,其身通明如月,光照满室。妇细视之,乃一白蜘蛛耳,其大如五斗栲栳。其妇遂急以大鸡笼罩之,割其腹,内得一珠,如弹丸大,照明一室。是夕,地分军士皆见其家有火光烛天,疑为有火,翌日遂往扣其妇人,以为无有。军人之黠者以言诱之,终不能隐,遂出示之。其卒胁以威,以十五千得之。既而千户知其事,复杀卒以取之。转转数手,亦杀数人,最后归之蒙古。遂以所得福王玉枕并进之,遂得江浙省平章。闻内府一珠向以数千锭得之于海贾,方之此珠,不及其半,盖绝代之宝也。

佛 莲 家 资

泉南有巨贾南蕃回回佛莲者，蒲氏之婿也，其家富甚，凡发海舶八十艘。癸巳岁殂，女少无子，官没其家赀，见在珍珠一百三十石，他物称是。省中有榜，许人告首隐、寄债负等。

圣　　铁

有所谓圣铁者，凡人佩之，刀兵皆不能入。尝以羊试之，良验。又谓此铁佩之，刀兵所至，则铁随应之，终不可入。又云此铁大者仅如豆，破肉入之身中，或遇刀兵，则此铁随以应之，更不可入。未知孰是。闻张眼子有之。

华 岳 阿 房 基

王国用金省云："五岳惟华岳极峻，直上四十五里，遇无路处，皆挽铁絙以上。有西岳庙在山顶，望黄河，一衣带水耳。所谓龙池者，仅方丈，龙在则水深黑，龙不在则清见底。山有郭仙姑者，年二百六七十岁矣，曾事陈希夷，又常随吕公游于世。"又云："阿房宫基址尚存，前殿从广各数里，可容万人，其大可知。"

钉 官 石

又云："钉官石在长安城中，色青黑，其坚如铁。凡新进士求仕者，以大钉钉之，如钉径入，则速得美官；否则，龃龉不能入，入亦不能快利也。石上之钉皆满。"

张 氏 银 窖

张府主奉位酒库屋,其左则蒙古平章之居。一日,蒙古欲展地丈余,主奉者不获已,与之。彼方毁旧垣再筑,于旧基得乌银数十大笏,皆掩有之,盖张氏之宿藏也。

猪 祸

至元癸巳十二月内,村落间忽伪传官司不许养猪,于是所有悉屠而售之,其价极廉,不知何祥也?

张 松

世俗命强记者曰“张松”。按《蜀纪·刘禅纪》注,杨修以所撰兵书示张松,饮宴间,一看便暗诵之,即此也。

桃 符 获 罪

盐官县学教谕黄谦之,永嘉人,甲午岁题桃符云:“宜入新年怎生呵,百事大吉那般者。”为人告之官,遂罢去。

龙 蚌

《老学庵笔记》言,寿春县滩上有一蚌,其中有龙蟠之迹,以为绝异。余尝于杨氏勤有堂见其亦类此,疑即寿春之物。既而,邻邸有六家,有客人持一蚌壳求售,其中俨然一蛇身,累累若贯珠。乃知天壤之间,每有奇事。

透 光 镜

透光镜其理有不可明者,前辈传记仅有沈存中《笔谈》及之,然其说亦穿凿。余在昔未始识之,初见鲜于伯机一枚,后见霍清夫家二枚。最后见胡存斋者尤奇,凡对日映之,背上之花尽在影中,纤悉毕具,可谓神矣。麻知几尝赋此诗得名。余尝以他镜视之,或有见半身者,或不分明,难得全体见者。《太平广记》第二百三十卷内载有侯生授王度神镜,承日照之,则背上文尽入影内,纤悉无失,然则古亦罕见也。

菖 蒲 子

菖蒲花候结子老收之,至梅月,用米饮同子嚼碎,喷在大炭上,则自然生苗,极细可爱,然止是虎须耳。昌化有此苗。章爱山云。

死 马 杀 人

凡驴马之自毙者,食之,皆能杀人,不特生丁疮而已。岂特食之,凡剥驴马,亦不可近。其气薰人,亦能致病,不可不谨也。今所卖鹿脯,多用死马肉为之,不可不知。

爪 哇 铜 器

徐子方尝得爪哇国一铜器,类箕,径约四寸,从约三寸。其中有梁如斗,梁上坐国主、国后二像,一人侍侧,极其丑恶,如优人之类。其侧有两人首。殊不知为何所用也?

黑 漆 船

赵梅石孟巘,性侈靡而深崄,其家有沉香连三暖阁,窗户皆镂花,其下替板亦镂花者。下用抽替，打篆香于内，香雾芬郁，终日不绝。前后皆施锦帘，他物称之。后闻献之福邸，云后为都大坑冶。又造黑漆大坐船，船中舱板皆用香楠镂花，其下焚沉脑，如前阁子之制。吕师夔亲见之，遂号孟蟻为"黑漆船"，后饿死于燕京。存斋云。

周弥陀入冥

湖州贵泾坊有周弥陀者，其人手中有弥陀印，故得名。为人善良且孝，忽以病殂，以心腹未寒，未敢殓。越二日，复苏，曰："此番得生，皆陈尚书之力。"因言至一官府，囚徒甚众，仰观据案者，即陈本斋尚书也。存，字体仁。见谓曰："汝，吾赁户也，何缘至此？"检大簿曰："此人极孝，且所追同姓名，可令发回。"蹶然而苏。好事者虽能言，未之信也。未几，廉访分司薛帖木儿自嘉兴至雪，因扣左右，曰："前宋有马裕斋、陈本斋否？"众曰："然。"因言在嘉兴时，一书吏暴死，一夕方苏，因言入冥，有二冥官以簿参照，误而遣回。吏语之曰："此善恶判官也。"恶判官乃马裕斋，善判官乃陈本斋耳。乃与周弥陀之事正相合，亦可怪。按裕斋名光祖。

马相漂棺

饶州乐平县中有某人者，元执役于马相府，后以病死，入冥见中坐者乃马相公也，其人举首叩头以求救。既而以误追放还，方出，马即呼语之，曰："汝回人间，可与吾儿言，我屋已漏损一角，宜亟修之。可怜儿子读书，将来有用处。"既苏，遂往马府告之。然所居之第，初无损漏之事。越明年，山中发洪水，马相之墓适当其冲，遂为大水漂其棺，随流而去，莫知所之。至四十里之外，为枯槎挽定，适渡子见之，讶其棺华大，疑非常人者，即举渡船中，载之以归。既而马府物色得之，给赏取回，改葬焉。此事陈无逸在婺源为山长时，见张伯大家言之甚详。伯大，丞相之妹婿也。

伯 宣 被 盗

刘伯宣为宣慰司同知，去官日，泊北关外俞碗盏家之别室。一夕，为偷儿盗去银匙箸两副，及毛衫布海青共三件。次日，几无可著之衣。其家即欲经官捕盗，而伯宣不许，因自于门首语其邻曰："此辈但知为盗，而不知吾乃穷官人也。所有之物，不过如此，万一见获，遂坏此生。银匙箸入其手，亦不愿得，但衣服颇觉相妨，仍见还可也，幸相体此意。"人皆笑其迂。越再宿，忽得一簏于屋后空地，视之，毛衫布衣皆在焉。刘公一言信及穿窬，非一日之积也。白廷玉云。

李 性 学

李性学之为吾教也，有诗云："天下今无读书者，世间惟有作诗人。"其后得罪于巨室，故遭完颜御史之怒，杖几及身，阎子静援之而免。于是怒之者有墙壁之文丑诋，有云："挂腐鼠于书斋之内，谓辟蝇营；避飞蚊于锦被之间，有如龟缩。吃带糠糙米粥，啜无盐淡菜羹。猫儿常宝玩于房中，虱子任珠悬于衣上。"又云："胗病知心脉之已死；自缢有颈痕之尚存。"先是，性学尝以俪语数范药庄之恶，有云"面带墨香，口尚乳臭"等语，此其报也。

夏 驾 山

吾乡妙喜谓之杼山，谓夏后杼尝巡历于此，故名。其西曰夏驾山，又有所谓夏王村者，皆是也。今乃讹"夏王"为"下黄"，"夏驾"为"下夹"，且名其上曰"上夹"，以成伪焉。

渴 字 无 对

卫山斋云："凡字皆有对，如饥之对饱，寒之对暖，悲之对欢之类是也。独有渴字,无不渴一字对之。"此虽戏言,亦似有理。又云:"向见乡先生言,《关雎》'后妃之德',注家皆指后为太姒,非也。盖后即君耳,妃乃夫人。以夫人为后,乃自秦始耳。"

观 堂 二 石

徐子方云:"向到故内观堂,有黑漆厨内龛二石,高数尺。其一有南斗六星,隐起石上,刻金书'南极呈祥',其阴有北斗七星,亦隐起而色白,刻曰'北斗降瑞'。及再至杭,则观堂已化为佛寺,此石莫知所在矣。"

董 仪 父 论 易

董仪父鸿尝云:"《易》有圣人之道四焉,王辅嗣去三而存一,于道阙焉。晦庵知其为非,所以《本义》、《启蒙》各以卜筮言之。然虽知其为卜筮之道而不知其所以为卜筮之道,不过复以理言之,则亦何异乎辅嗣哉?"

棺 盖 悬 镜

今世有大殓而用镜悬之棺盖以照尸者,往往谓取光明破暗之义。按《汉书·霍光传》,光之丧,赐东园温明。服虔曰:"东园处此器,以镜置其中,以悬尸上。"然则其来尚矣。

北 地 赏 柳

焦达卿云:"鞑靼地面极寒,并无花木,草长不过尺,至四月方青,至八月为雪虐矣。仅有一处开混堂,得四时阳气,和暖能种柳一株,土人以为异卉,春时竞至观之。"

光禄寺御醴

达卿尝为光禄寺令史,掌醴事,云:"炊米之器,皆以温石为大釜,温石即莱石。甑以白檀香,若瓮盎之类,皆银为之,极其侈靡,前代之所无也。车驾每亲幸焉,所掌必以大头目,外廷丞不足道也。"

奸僧伪梦

安吉县朱实夫,马相碧梧之婿也。有温生者,因朱而登马相之门,近复无聊,遂依白云宗贤僧录者,无以媚之,乃创为一说,云:"曩闻碧梧与之言云:'向在相位日,蒙度宗宣谕云:朕尝梦一圣僧来谒,从朕借大内之地为卓锡之所,朕尝许之,是何祥也?'马虽知为不祥,而不敢对。今白云寺所造般若寺,即昔之寝殿也。则知事皆前定。"于是其徒遂以此说载之于寺碑,以神其事。呜呼!使当时果有此梦,方贾平章当国,安得独语马公?使马公果闻此语,安得不使子侄亲友知之,且独语门吏耶?可见小人之无忌惮如此。余恐后人不知而轻信,故不得不为之辩。金一之苏壁云。

沉香圣像

杭西湖延祥观四圣小像并从人,共二十身,皆蜡沉香,凡数百两,即韦太后北巡狩归日所雕,皆饰之以大珠。及杨髡据观为寺,尽取之为笠珠及香饼,可叹也。杜秋泉云。

西湖好处

江西有张秀才者,未始至杭,胡存斋携之而来,一日泛湖,问之曰:"西湖好否?"曰:"甚好。"曰:"何谓好?"曰:"青山四围,中涵绿水,金碧楼台相间,全似著色山水。独东偏无山,乃有鳞鳞万瓦,屋宇充满,此天生地设好处也。"此语虽粗俗,然能道西湖面目形势,为可喜也。

石 庭 苔 梅

宜兴县之西,地名石庭,其地十余里皆古梅,苔藓苍翠,宛如虬龙,皆数百年物也。有小梅,仅半尺许,丛生苔间,然著花极晚。询之土人,云:"梅之早者皆嫩树,故得春最早。树老则得春渐迟,亦犹人之气血衰旺,老少之异也。"此说前所未闻。梅间有小溪,流水横贯交午,桥下多小石,圆净可爱。时有产花鸟及人物者,近世以来则有骑而笠者,盖天地之气亦随时而赋形,尤可异也。

陈 谔 捣 油

陈谔字古直,号埜水,尝为越学正,满替,往婺之廉司取解由。归途偶憩山家,有长髯野叟方捣柏子作油,见客至,遂少辍,相问劳曰:"君亦儒者邪?"持杯茶饮之,遂问今将何往?陈对以学正满替,欲倒解由,别注他缺。髯叟忽作色而起,曰:"子自倒解由,我自捣柏油。"遂操杵臼,不复再交一谈。陈异而询于邻人,云:"此傅秀才,隐者也。恶君言进取事故耳。"陈心甚愧之,因赋诗云:"忽遇深山避世翁,居然沮溺古人风。老来一出为身计,不满先生一笑中。"

襄 鄂 百 咏

又云:向在鄂渚,正值己未透渡之变。至辛酉闰十一月二十一日解围,尝作《鄂渚百咏》,以记一时之事,多归功于贾老。中间有一首云:"久戍胡儿已念家,将军何不奏胡笳。今朝忽报严围解,白雪纷纷亦散花。"贾见"散花"之语大怒,捕陈甚急,陈窘甚,求救于赵晦岩。晦岩为解释,乃免。

打　聚

阛阓瓦市专有不逞之徒，以掀打衣食户为事，纵告官治之，其祸益甚。五奴辈苦之，切视其所溺何妓，于是敛金以偿其直，然后许以嫁之，且俾少俟课钱足日娶去。然所逋故尔悠悠，使延引岁月，而不肖子阴堕其计中，反为外护，虽欲少逞故智，不可得矣。其名曰"打聚"。

家之巽三贤诗

家志行尝和《三贤堂诗》云："孤峰落魄一诗人，白傅何曾号直臣。较似眉山敢同传，并祠浙水恐诬神。人非伦拟终非偶，论贵平和不贵新。争似独尊元祐学，高堂正笏更垂绅。"又："谁称三老作三山，方回曾以香山、眉山、孤山为三山也。夫子宁居季孟间。骆厩侍人多愧色，鳌头处士若为攀。辞章小技应闲事，节义千年真大闲。何似眉山专一壑，九京贤圣尽欢颜。"虽然，志行尊坡翁是也，贬二贤，无乃过乎？何不反观自己，为德政碑以媚杨髡，受僧赂以作寺记。义方之训可笑，由径之叹不惭，奈何！

四圣水灯

西湖四圣观前，每至昏后有一灯浮水上，其色青红，自施食亭南至西陵桥复回。风雨中光愈盛，月明则稍淡，雷电之时，则与电争光闪烁。金一之所居在积庆山巅，每夕观之无少差，凡看二十余年矣。

大辟登科

南康刘以仁尝手杀其叔，里族买静，不经有司，后竟登宝祐癸丑第，及官长沙令。江古心尝云："糊名考校中，诸行百户，何所不有？

虽盗贼大辟,亦可登科改秩云。"

黄 王 不 辨

浙之东言语"黄""王"不辨,自昔而然。王克仁居越,荣邸近属也,所居尝独毁于火,于是乡人呼为"王火烧"。同时有黄瑰者,亦越人,尝为评事,忽遭台评,云:"其积恶以遭天谴,至于独焚其家。"乡人有"黄火烧"之号。盖误以"王"为"黄"耳。邸报既行,而评事之邻有李应麟者,为维扬幕,一见大惊,知有被火之事,亟告假而归。制使李应山怜之,馈以官楮二万。及归,则家无患,乃知为误耳。盖黄无辜而受王之祸,而李无望而得二万之获,殊可笑。

押 韵 语 录

刘后村尝为吴恕斋作文集序云:"近世贵理学而贱诗赋,间有篇咏,率是语录、讲义之押韵者耳。"

演 福 新 碑

家之巽志行为演福寺作观音殿碑,所得几何,乃大骂贾相以示高。殊不知其寺常住赡僧田一万三千亩,乃贾相所舍也。其碑具衔云:"前朝奉大夫秘书省校书郎兼国史编修官实录院检讨官。"殊不知此二兼职,非卿监不可也,意者欲愚庸髡,眩俗眼,以为荣耳。碑成,打造遍送当路。其后官司打勘,没官田土,则贾相所舍寺中万三千亩,正在数中。省官呼释髡问之,云:"贾似道既舍许多田与寺中,不知寺中呼之为何称?"曰:"大檀越也。"曰:"寺中亦感激他否?"曰:"大众仰食于此田,安得不感激?"曰:"既是如此,何乃刻碑毁骂邪?"髡无以应之。以此知公论在人心,无间于南北也。

喜 行 古 礼

吴中一富家子粗识字而呆然，其性僻，专喜行古礼。辟大堂以祀夫子，凡朔望二丁，必大集里中士人以行礼。凡俎豆衣冠之具，及祭馔牲酒，莫不精腆。每一行礼，必有重费不靳也。然其人初无识解，不过所存如此，亦可尚也。

龙 畏 神 火

乙未岁五月，宜兴近湖之地，忽有二龙交斗，俱坠于湖，其长无际，顷刻大风驾水，高丈余而至。即有火块大如十间屋者十余，自天而坠，二龙随即而升。盖天恐其为祸，驱神火逐之，使少缓须臾，则百里之内皆为巨壑矣。余向者舟经德清之桃园，其稻田皆焦黑，凡数十亩。遂舣舟，问其里人，云："昨午有大龙自天而坠下，随即为地火所烧而飞去。"盖龙之所畏者，火耳。

不 葬 父 妨 子

或谓停父母之丧久而不葬者，则其子孙每岁缩小。近见钱达可、康自修二子之事皆然，此其异也。姚子敬云。

多景红罗缠头

张于湖知京口，王宣子代之。多景楼落成，于湖为大书楼扁，公库送银二百两为润笔。于湖却之，但需红罗百匹。于是大宴合乐，酒酣，于湖赋词，命妓合唱甚欢，遂以红罗百匹犒之。

韩平原姓王

王宣子尝为太学博士，适一婢有孕而不容于内，出之女侩之家。韩平原之父同乡，与之同朝，无子，闻王氏有孕婢在外，遂明告而纳之。未几得男，即平原也。

乌银江瑶

承平时，贵家以乌银为江瑶壳，外具细纹而色似真。每宴集，则以此赠瑶柱以供客，可谓富贵之极也。胡存斋云。

金紫银青

广西诸洞产生金，洞丁皆能淘取。其碎粒如蚯蚓泥，大者如甜瓜子，故世名瓜子金。其碎者如麦片，则名麸皮金。金色深紫，比之寻常金色复加二等，此金之绝品也。银之品有纹如罗甲者，有松纹者，有中洼而郭高者，皆为精银，其绝品则色青。故官品有"金紫银青"之目，盖金至于紫，银至于青，为绝品也。张敬堂云。

乌贼得名

世号墨鱼为"乌贼"，何为独得贼名？盖其腹中之墨可写伪契券，宛然如新，过半年则淡然如无字。故狡者专以此为骗诈之谋，故谥曰"贼"云。

天雨米豆

至元丙申三月十八日，永嘉天雨黑米，粒小而多，饭可食。陈本斋云。泉州雨红豆，亦可为饭，其色如丹砂，前未见也。徐容斋云。乙未岁，

江西歉甚,时天亦雨米,贫者得济,富家所雨则雪也,此又异甚。_{胡存}
_{斋云}。

朱 宣 慰 诗

日观僧子温善作墨蒲萄,时书诗文句于上,或有可喜者。尝在朱
宣慰家作画,讫,遂写一诗在上云:"昔有朱买臣,今有朱宣慰。两个
担柴夫,并皆金紫贵。"朱老欣然曰:"朱清果是卖芦柴出身,和尚说得
我著。"遂馈赆资五锭酬之。

杏 仁 有 毒

松雪云:"杏仁有大毒,须煮令极熟中心无白为度,方可食用,生
则能杀人。凡煮杏仁汁,若饮犬猫,立死。"

章 宗 效 徽 宗

金章宗之母,乃徽宗某公主之女也。故章宗凡嗜好书札,悉效宣
和,字画尤为逼真,金国之典章文物,惟明昌为盛。

茯 苓 益 松

凡所砍大松,根下枯而红润者,其下必有茯苓,盖得茯苓所养故
耳。人能服饵,岂无奇功!

虎 引 彪 渡 水

谚云:虎生三子,必有一彪。彪最犷恶,能食虎子也。余闻猎人
云:"凡虎将三子渡水,虑先往则子为彪所食,则必先负彪以往彼岸,
既而挈一子次至,则复挈彪以还,还则又挈一子往焉,最后始挈彪以

去。盖极意关防,惟恐食其子故也。"

撩　　纸

凡撩纸,必用黄蜀葵梗叶新捣,方可以撩,无则占粘不可以揭。如无黄葵,则用杨桃藤、槿叶、野蒲萄皆可,但取其不粘也。

冬 至 前 造 酒

凡造酒,冬至前最佳,胜于腊中,盖气未动故也。今造盐菜者,亦必于冬至前,则可以久留矣。此说极有理。李静仙云。

壬 日 扦 种

芒种后壬日入梅。壬日所种花草,虽至难活者亦皆活,申日亦可。

白　　蜡

江浙之地,旧无白蜡。十余年间,有道人自淮间带白蜡虫子来求售,状如小芡实,价以升计。其法以盆桎树,桎字未详。树叶类茱萸叶,生水傍可扦而活,三年成大树。每以芒种前,以黄草布作小囊,贮虫子十余枚,遍挂之树间。至五月,则每一子中出虫数百,细若蠛蠓,遗白粪于枝梗间,此即白蜡,则不复见矣。至八月中,始剥而取之,用沸汤煎之,即成蜡矣。其法如煎黄蜡同。又遗子于树枝间,初甚细,至来春则渐大,二三月仍收其子如前法散育之。或闻细叶冬青树亦可用。其利甚博,与育蚕之利相上下。白蜡之价,比黄蜡常高数倍也。

别集上

汴 梁 杂 事

罗寿可丙申再游汴梁，书所见梗概。汴学曰文学、武庙，即昔时太学、武学旧址。文庙居汴水南，面城背河，柳堤莲池，尚有璧水遗意。"太学"与"首善阁"五大字石刻，皆蔡京奉敕书。先圣之右为孟，左为颜，作一字位置，不可晓，北方学校皆然。先圣、先师各有片石，镌宋初名臣所为赞，独先圣，太祖御制也。讲堂曰"明善"，藏书阁曰"稽古"。古碑数种，如宋初翰苑题名，开封教授题名，《九经》石板，堆积如山，一行篆字，一行真字。又有大金登科题名，女真进士题名，其字类汉篆而不可识。司天台太岁殿，徽宗草书"九曜之殿"。旧开封府有府尹题名，起建隆元年居润，继而晋王、荆王而下皆在焉。独包孝肃公姓名为人所指，指痕甚深。楼阁最高而见存者，相国寺资圣阁、朝元宫阁、登云楼。资圣阁雄丽，五檐滴水，庐山五百铜罗汉在焉。国初曹翰所取者也。朝元宫阁即旧日上清储祥宫移至，岌嶪半空。登云楼俗呼为八大王楼，又称谭一作潭。楼，盖初为燕王元俨所居，后为巨珰谭积有之，其奇峻雄丽，皆非东南所有也。朝元宫殿前有大石香鼎二，制作高雅。闻熙春阁前元有十余座，徽宗每宴熙春，则用此烧香于阁下，香烟蟠结凡数里，有临春、结绮之意也。朝元宫虚皇台亦上清移来，下有青石础二，刻画龙凤团花，极工巧，旧时是朱温椒兰殿旧物。台上有拜石，方广二丈许，光莹如碧玉，四畔刻龙凤，云雾环绕。内留品字三方素地，云是宣、政内醮时，徽庙立于中，林灵素、王文则居两傍也。汴之外城，周世宗时所筑，神宗又展拓，其高际天，坚壮雄伟。南关外有太祖讲武池，周美成《汴都赋》形容尽矣。梁王鼓吹台、徽宗龙德宫旧基尚在。开封府衙后有蜡梅一株，以为奇，遂创梅花堂。北人言河北惟怀孟州号"小江南"，得太行障其后，故寒稍杀,地暖故有梅,且山水清远似江南云。南门外有五岳观、太乙宫、岳帝殿,极雄壮华丽,宫连跨小楼殿,极天下之巧,俗呼为"暖障"。闻汴有大殿九间者五,相国、太乙、景德、五岳,尽雕镂,穷极华侈,塑像皆大金时所作,绝妙。徽宗《定鼎碑》,瘦金书,旧皇城内民家因筑墙掘地取土,忽见碑石穹甚,其上双龙,龟趺昂首,甚精工,即瘦金碑也。四方闻之,皆捐金求取,其家遂专其利。蔡京题额"政和定鼎之碑"。或云九鼎金人未尝迁,亦只在土中或水中耳。如资圣阁、登云楼覆压岁久,今其地低陷甚多。曾记佛书言,山河大地凡为城邑、宫阙、楼观、塔庙,亦是缘业深重所致。光教寺在汴城东北角,俗呼为上方寺,琉璃塔十三层,铁普贤狮子像甚高大。座下有井,以铜波斯盖之,泉味甘,谓通海潮。旁有五百罗汉殿,又云五百菩萨像,皆是漆胎,庄严金碧,穷极精好。《普贤洞记》石碑甚雅,金皇统四年四月一日,奉议大夫行台吏部郎中飞骑尉施宜生撰并书,所谓方人者也。后为金相,字步骤东坡。寺入门先经藏殿,殿极工巧,四隅不动,其中运转,经卷无伦次,皆唐人书也,极精妙。大庙街近城,有古观音寺,北齐施主姓名碑。佛殿开宝皇后命孙德元画西方净土,极奇古精妙,仅存半壁。僧崇化大师为之赞书,亦有法。相国寺佛殿后壁,有咸平四年翰林高待诏画大天王,尤雄伟。殿外有石刻,东坡题名云:"苏子瞻、子由、孙子发、秦少游同来观晋卿墨竹,申先生亦来。元祐三年八月五日。老申一百一岁。"又片石刻坡翁草书《哨遍》,石色皆如元玉。宝相寺俗呼为大佛寺,有五百罗汉塑像,甚奇古。又嚄水石龙,镌刻甚精,皆故宫物也。

蟛蜞馄饨

《轩渠录》载,有人以糟蟹微子同荐酒者,或笑曰:"则是家中没物事,然此二味作一处怎生吃?"众以为笑。近传溆浦富家杨氏尝宴客作蟛蜞馄饨,真可作对也。

包宏斋桃符

包宏斋恢致仕后，归作园于南城，题桃符云："日短暂居犹旅舍，夜长宜就作祠堂。"年八十七薨。

南风损藕

近闻亭皋荡户云："每岁夏月，南风少则好藕。晒荷叶遇雨，所著处皆成黑点。藏荷叶则须密室，见风则蛀损，不堪用矣。"

灯檠去虫

桃树生小虫，满枝黑如蚁，俗名研虫。虽用桐油洒之，亦不尽去。其法乃用多年竹灯檠挂壁间者，持之树间，则纷纷然坠下，此物理有不可晓者。戴祖禹得之老圃云。

鱼　苗

江州等处水滨产鱼苗，地主至于夏，皆取之出售，以此为利。贩子辏集，多至建昌，次至福建、衢、婺。其法作竹器似桶，以竹丝为之，内糊以漆纸，贮鱼种于中，细若针芒，戢戢莫知其数。著水不多，但陆路而行，每遇陂塘，必汲新水，日换数度。别有小篮，制度如前，加其上以盛养鱼之具。又有口圆底尖如罩篱之状，覆之以布，纳器中，去其水之盈者以小碗，又择其稍大而黑鳞者，则去之。不去则伤其众，故去之。终日奔驰，夜亦不得息，或欲少憩，则专以一人时加动摇。盖水不定则鱼洋洋然，无异江湖；反是则水定鱼死，亦可谓勤矣。至家，用大布兜于广水中，以竹挂其四角，布之四边出水面尺余，尽纵苗鱼于布兜中。其鱼苗时见风波微动则为阵，顺水旋转而游戏焉。养之一月半月，不觉渐大而货之。或曰初养之际，以油炒糠饲之，后并不育子。

同　里　虎

近岁平江虎丘有虎十余据之,同里叶氏墓舍在焉。其一大享堂,虎专为食息之地,凡人兽之骨交藉于地,蛇骨亦有之。闻虎之饥,则兼果实皆啖,不特兽也。其堂下大泥潭,虎饱则展转于中。傍居之人熟窥之,凡食男子必自势起,妇人必自乳起,独不食妇人之阴。或有遇之者,当作势与之敌,而旋退引至曲路,即可避去。盖虎不行曲路故也。

陶　裴　双　缢

丙申岁九月九日,纪家桥河北茶肆陶氏女,与裴叔咏第六子合著衣裳,投双缳于梁间。且先设二神位,乃题自己及此妇姓名,炷香然烛,酒果羹饭,烛然未及寸而殂矣。尝记淳熙间,王氏子与陶女名师儿共溺西湖,有人作"长桥月,短桥月",正其事也。至载之《周平园日记》,何前后盛情之事,皆生于陶氏门中邪? 近至元二十七年大水,湖州府仪凤桥下有新生死小儿弃于水中者,两手四臂四足,面相向抱持,胸胁相连,一男一女,丐者取以示人而乞钱。疑皆此辈所幻也,怪哉!

因　庸　堂

谢府有因庸堂,穆陵御书二字,盖出《崧高》之诗云:"因是谢人,以作尔庸。"注云:"谢乃周之南国也。"此诗美宣王能建国,褒赏申伯,于此取义,固佳。然于两句中各取一字,亦太穿凿矣。

德　寿　买　市

隆兴间,德寿宫与六宫并于中瓦相对,令修内司染坊,设著位观,孝宗冬月正月孟享回,且就看灯买市。帘前堆垛见钱数万贯,宣押市食歌叫直一贯者,犒之二贯。时尚有京师流寓经纪人,如李婆婆鱼羹、南瓦张家圆子之类。

天　狗　坠

丙申十一月十七日冬至,是夜三鼓,有大声如发火炮,震动可畏,鸡犬皆鸣。次日,金一山自山中来,云:"山中之声尤可畏,野雉皆鸣。"或云天狗坠故也。

丁　酉　异　星

丁酉正月初二日乙丑夜二鼓,天井巷张家金银铺遗漏。是夕,天中有如云气赤色,其大如箕而微长,或谓其大星,余目昏视之不见。疑此云气为火气所烁而然,凝然不动,殊为可异,不知何物也!

彗　星　改　元

是岁二月,忽有传夜后西北角有星光芒曳尾者,余不之信。数夕起观,皆无所见。一夕,于西边见大星,光芒正在胃、昴间,然考之,则太白耳。益疑小人妄传。继而有自吴来者,云船中见之甚的,类景定彗星,而尾短仅数尺耳。余终未之信也。及三月十七日诏书到杭,改元大德,有云"星芒示变,天象微予",始信前者为信然也。

和　剂　药　局

和剂惠民药局,当时制药有官,监造有官,监门又有官。药成,分之内外,凡七十局,出售则又各有监官。皆以选人经任者为之,谓之京局官,皆为异时朝士之储,悉属之太府寺。其药价比之时直损三之一,每岁糜户部缗钱数十万,朝廷举以偿之。祖宗初制,可谓仁矣!

然弊出百端,往往为诸吏药生盗窃,至以樟脑易片脑,台附易川附,囊橐为奸,朝廷莫之知,亦不能革也。凡一剂成,则又皆为朝士及有力者所得,所谓惠民者,元未尝分毫及民也。独暑药、腊药分赐大臣及边帅者,虽隶御药,其实剂局为之。稍精致若至宝丹、紫雪膏之类,固非人间所可办也。若夫和剂局方,乃当时精集诸家名方,凡经几名医之手,至提领以从官内臣参校,可谓精矣。然其间差讹者,亦自不少。且以牛黄清心丸一方言之,凡用药二十九味,其间药味寒热讹杂,殊不可晓。尝见一名医云:"此方止是前八味至蒲黄而止,自干山药以后凡二十一味,乃补虚门中山芋丸,当时不知缘何误写在此方之后,因循不曾改正。"余因其说而考之,信然。凡此之类,必多有之,信乎误注《本草》,非细故也。

葛 天 民 赏 雪

葛天民字无怀,后为僧,名义铦,字朴翁。其后返初服,居西湖上,一时所交皆胜士。有二侍姬,一曰如梦,一曰如幻。一日,天大雪,方拥炉煎茶,忽有皂衣者闯户,将大珰张知省之命即水张太尉也。招之至总宜园。清坐高谈竟日,雪甚寒剧,且觉腹馁甚,亦不设杯酒,直至晚,一揖而散。天民大恚,步归,以为无故为阉人所辱。至家,则见庭户间罗列奁篚数十,红布囊亦数十,凡楮币、薪米、酒肴,甚至香茶适用之物,无所不具。盖此珰故令先怒而后喜,戏之耳。

彭 晋 叟

彭晋叟,福州侯官人,亦有学,文亦奇,肄业京庠,每试多居首选。胡颖为浙西宪政,尚猛厉,物情不安,彭因伪作台章以胁之,有尼僧为之表里,使以稿示之曰:"得之台中,行且止矣。"胡惧,就致祷,约以获免当以数万为谢。已而,月课不及,胡遂作台长,江古心书历述所闻以谢之。古心下京府名捕,时政放堂试,赋题出"王言如丝",彭为首冠。破云:"王妙心纬,言关化机,于未布以先谨,如有丝之至微。"揭晓之际，彭已置理，乃以次名代之。狱成，黥隶贵州，久之，宛转自如，得至静江。适当诏岁入贡闱，为编栏，遇都吏一子于场中，日授三卷，得预荐送。吏深德之，未有以报，乃为之谋曰："经干潘公谌，汝乡人也。盍往归之？"彭以呈面为难。又命之作札，"吾当为通"。潘见其辞藻粲然，亟令来见，深爱其才，而革面无策，为之重叹，曰："吾当思一策以处。"既数日，乃曰："得其说矣。"使具戎服，介之经帅府。时姚橘洲希得领桂管，因从容为地，且令修一俪语为贽。彭退思数日，未能措词，乃往见潘求教。潘为之思有顷，拊髀曰："吾已得一联矣。曰：'失邯郸之步，为吾党羞；借荆州之阶，以军礼见。'"使绪成之，且为点定，约日道之以前。橘洲庭见之，彭趋进入拜如彝，乃以贽上。橘洲观之喜甚，详询始末，留之书院。授以《文选》，使分类之，以观其能否。未几，书成，橘洲益喜，使诸子师之。资身之计渐裕，旋得勇爵，纳妾有家，继得两子。橘洲入为文昌，兼夕拜，使与俱行，缴驳之章，多出其手。复出入无间，辄登市楼，恣肆无忌，为人指目。闻于当路，于是逮治填配，押回元隶所，橘洲亦以此去国。彭后与黎峒通，为具舟楫，尽室以行，莫知所之。

唐尧封

　　唐仲友之父侍御尧封，孝庙时以礼部侍郎大司成除侍御，有直声。尝论钱尚书礼，左迁小龙场，及去国，同朝送之，馆学为空。孝宗知之，叹曰："遂为唐氏百年口实。"初入言路，钱迎问第一人，答以"方思之"。归语仲友，仲友曰："大人失言，当云此行正为公来也。"

林乔

　　林乔，泉州人，颇有记问。初游京庠，淳祐丙午，宗学时芹斋与太学禔身斋争妓魏华，乔挟府学诸仆为助，遂成大哄。押往信州听读，因与时贵游从赓唱，放浪狎邪，题诗于茶肆云："斗州无顿闲身处，时向梅花走一遭。"士论薄之。旋登徐元杰之门，后元杰死，徐径畋、李斛峰皆以应用之往来。既而元杰家为伐柯一村豪家，为接脚婿。其幼子寓城中，有地占为菜园，与赵温州崇机邻，守皆有月馈，其门如市，数年得自便。宝祐癸丑，买福州待补，作申如名纳卷，题出"言行枢机动天地"，遂中魁选，欲参学，为人所攻而止。久之，上书，特补保义郎，领钱亿万，往谋北事，时景定初也。继又赴有官漕试，得荐登第，随被论驳，经营复得官戎议之类。还寓信州，朱浚为守，不往见，且语诋之，朱怒，捃摭其罪，押回本贯。与蒲舶交借地作屋，王茂悦为舶使，蒲八官人者漏舶事发，林受其白金八百锭，许为言之。既而王罢去，蒲并攻之，且夺其所借地。乃往从元杰之子直谅，以清潭和买吏屋，且任和籴。既而直谅得宪节，林随以行。后以词诉，为徐帅择斋明叔所治，押往五年，摧锋军寨，拘锁而殂，时咸淳末年也。或言后改名为天同，字景郑云。

李　梦　庚

李梦庚者，襄阳人，善文，不偶，归而治生。其子能文而不肖，数盗用父财，父欲杀之。宗党劝止，使其子拜且谢。或告以父已负剑，子甚恐，拜方起而剑欲及，亟走避，闭门，剑入门者几寸。其子后魁浙漕荐，襄帅以书抵漕，潜说友曰："今岁漕魁，乃梦庚之子也。其论尾之语，曾见之否？其语曰：'世岂有弃鲧而不用其子者哉？'闻者莫不大噱云。"

陈　恮　如　尊　者

王矅轩清举到省，道经建阳，谒梦盖竹庙。梦至王者居，有五百人列坐，而虚其四。矅轩未至，有呼者曰："官人位在此。"王既坐，举首见席端乃一僧，王负气怒甚，左右曰："此陈恮如尊者。"遂寤，及廷唱，大魁乃吴潜也。

史浩传赞

尤木石蜏修《四朝国史》，_{高、孝、光、宁。}其赞史浩略云："其在太子家号为智囊，又其当国，多引天下知名之士，朱熹其首也。"然其意以为知名之士皆天所与，蔽而不扬，则是违天，而不问其道之行与否也。因此忤穆陵意，得谴去国，盖专为张魏公地耳。后改，俾别为赞云："独用兵一事与时贤异，岂非欲先报本而后机会欤？"

唐震黄震

唐震、黄震，抚州、信州，俱是二千之石，皆为九百之头。唐尝为桐川倅，以本厅廪费，取办于吏，欲从州郡具申省部罢本职。守倅皆谓言曹废置，当出朝廷，不从之，且为于窠名量拨为助，遂止。唐后知饶州，北兵之来，官军与群盗交乱，唐以北兵辄出御之，遂死于难。黄后持使节，幸存于鄞云。

男不授女状

林靖之共甫初筮越之民曹，尝直议舍，同幕东莱吕延年后仲在焉。有妇人来投牒，吏无在者，林欲前受之，吕自后止之曰："男女授受不亲。"林竦然而止，每称以诲子孙云。

沈次卿

沈次卿者，吴兴人，待制之后，常登赵节斋之门。赵尹京，使提督十三酒库，课以增羡而人不怨咨。常言比较自有捷法，既不害物，自可沮劝。其法使拍户于本府入钱给由，诣诸库打酒，仍使自择所向。遇比较则萃诸库，而视其所售之多寡，取其殿最之尤者，加之赏罚。诚令不烦，激厉自倍，真不易之良法也。

陈 预 知

陈预知者有术。陈叔方作邑时，扣以事，陈令于心无事时入静室，坐一二日却见问。节斋如其说，而后召之，陈使随意写诗文一两句而缄之，然后疏已所推为验。节斋所书"阳春布德泽"，以"王度日清夷"为对，陈出视之不差，因语节斋曰："君官职皆已前定，但遇事只可做五分。"节斋每用其说以自警也。

牧 羊 子

湖州卜者牧羊子，识章文庄于未遇时。及仕再筮，皆不许其得禄，果连丁艰。既而曰："今可仕矣，且不在外。"遂由掌故以致两地。又尝语医者李厔父曰："君当饭于省中。"乡人传以为笑。后文庄贵，常招之胗脉，留与共饭于省阁，因举旧话一笑。

何 生 五 行

平阳县八丈村有何生者，虽为佣，而能谈五行，当诏岁设肆城中。有士人以女命来扣，云："有孕方可免灾。"问："弄璋邪？弄瓦邪？"答云："也弄璋，也弄瓦。"不知为何等语而去。后果孪生二子，一男一女也。

戴 生 星 术

番禺戴生以术游临安，时陈圣观为常博，戴许以必当言路。未几，安边所主字郑应先语及戴术，云渠谓常博必当言路，且与吾乡象郭闻为代，只候其他，徐即见。既而，张志立自小坡出为右史，守永嘉，而陈文龙冠象论，浙西宪洪畏去职时，台长陈伯大求去甚力，郭与陈坚即皆序升，代之为小坡，而圣观与徐卿孙并命为察，实代郭云。

括苍赵墓

赵节斋之父国公祖墓在括苍青田，以地本一蜀人所定，约三年复来。已而，见者皆言其中有水，当谋改厝。启之未毕，而前人至，见之曰："水自有之，无害也。"既启穴，水绿色，以盏勺饮，极甘。挠之数四，一金鱼跃出，击杀之。又挠之，有二鱼，复击其尾纵之，曰："当出三天子，今只作一半。"遂复掩之，后乃生景献太子。

阴 阳 忌 乐

王伋云："阴阳家无他，惟'忌乐'二字而已。乐惟乐其纯阳纯阴，忌惟忌其生旺库墓，此水法也。谓如子午向，午水甲水皆可向，即纯阳；艮震山，庚辛水流即纯阴。"

悬 棺 葬

孔应得云："朱晦庵之葬，用悬棺法，术家云：'斯文不坠，可谓好奇。'"

郭 阊

郭阊，号方泉，广州人，少颉颃场屋。其父与廖莹中之父有交好，两家之子同笔研。得第后，试邑平江，事吕文德，数以事忤之，而亦以受知符，代授以书与其子师夔。师夔时在从班，盖命之荐于时相也。郭还里二年，漫以书达之师夔，旋外补，继而如京干堂间。廖在翘馆，闻之，使人通意，郭不为汲汲，而廖挽之不置。未几，除省门，充辛未省闱考官，旋入言路，廖有所属，往往不能曲意徇之，寖不乐之。又虚名实用一疏为陈宜中、刘黻所不平，达于贾相，大费分解。夙有上气之疾，呕血而死。

王 盖 伏 法

王盖县丞,福州长溪人。嘉定初,宦游京、湖。时方经房患,杀人至多,积骸如山,数层之下,复加搜索,击以铁槌乃去。有未绝者,夜见炳烛呵殿而来,以为房也,惧甚,屏息窥之。旋闻按籍呼名,死者辄起应之,应已复仆。次至其人,亦起应之,则又闻有言云:"此人未当死。"乃举籍唱曰:"二十年后,当于辰州伏法。"既得免,投僧舍为行者。适郡倅眉山家坤翁来游寺中,喜其淳厚而文,曰:"肯从我乎?"欣然而就,家人亦爱之。家有女,适史植斋李温之子,使从之以往,遂居史。已而,史得辰州,欲以自随,王猛忆前事,具白辞行。史曰:"吾为郡守,岂不能庇汝?"乃勉从之至郡。逾年,史幼女戏后圃,为蛇绕,王因击蛇,并女毙焉。史怒,竟致之法,距前神言恰二十年。

埋 藏 会

桐州祠山,新安云岚,皆有埋藏会,或以为异。康植守广德,不以为信,至用郡印印其封,翌日发视,无有焉。或以所见异,恐未必然。余按《周礼》"以狸沉祭山林川泽",注:祭山林曰狸,川泽曰沉。然则尚矣。

东 迁 道 人

丙子,北师自苏入杭,道由东迁。有道人结茅岸傍,备水饮,以施行者,化缘募铸观音铜像,积久乃成。相好端严,晨夕奉事,闻师至,叹曰:"一死无恨,所惜此像兵火不保耳。"夜梦大士告曰:"吾何所虑,恐汝不免。盖汝前生曾杀人,今来者正宿冤也。明日有三骑过山,其前二人衣红,后一人衣白者,是已。汝可迎之以请死,无所逃也。"至期,所见无异,其人诧曰:"人皆避匿,独尔敢耳?"执之至庵,索其撒花,具以梦告。且曰:"我若厚藏,岂不能为性命计?"其人感悟,遂释之，且有所赠，曰："吾与汝解冤结。"竟以获免。

屠 门 受 祭

戴良斋云："昔有宦家过屠门，见幼稚而爱之，抱以为子，戒抱者使勿言。既长，且承序矣。尝因祀先，恍惚见受享者皆佩刀正坐，而褒章服者，列位其傍，愕然以语抱者。抱者始告以实。自是当祀必先祀其所生，而后祀其所为后者，云：命后者，不可不知也。"

陈 公 振 立 子

止安陈公振字震亨，居吴门，无子。有同姓昌世者，为人端悫，每加敬爱，因延之家塾，常从容与言命继之事，且托之访，历久未有所启。问之，以难其人为对，则曰："得如子者乃佳。"昌世皇恐不敢当。又久之，问如初，昌世谢未敢轻有所进。乃曰："如此则无出于子矣。"昌世固辞不敢，强之再三，乃勉承命。后因语及曩尝梦谒家庙，觉有拜于后者，顾视，则昌世也，此意遂决。昌世以其泽入仕，尝倅三衢，摄郡，于公帑纤毫无所取。穆陵闻之，擢为郎，淳祐间也。

梅 津 食 笋

尹梅津焕无子，螟蛉罗、石二姓名一，越人为之语曰："梅津一生辛勤，只办得食笋一担。"

郁 邑 大 毒

明堂所用郁邑，凡三十斤，取之信州，吏云："实未尝用，用之大毒，能杀人，盖文具久矣。"

陈仲潜健啖

永嘉平阳陈仲潜健啖过人,仕至邑宰。偶临安,会北使至,亦健啖,求为敌者使与馆伴,陈闻而自衒,因获充选。食已,复索,乃各以半豚进。使者辞不能容,陈独大嚼,由是得湘阴庚节。使还,不为生计,每饭必肉数斤,未几,所畜一空。其妻告以饥,愁中吐出一虫,如小龟,金色,遂殂。

范吕不合

范文正始与吕文靖不合而去,文靖晚以西事复召用之,文正遗吕书,以郭、李为喻,共济国事,视古廉、蔺、寇、贾,真无慊矣。而忠宣乃谓无之,吕太史所辑《文鉴》特载此书,而《文正集》中无之,盖忠宣所删也。父子之间,可谓两尽。近世倪祖常刻《齐斋集》,内有《昆命元龟说》,专为史弥远,而以集遗宅之,此犹出于不审也。陈石斋力修与陈叔方争军赏于都堂省,拂袖径出,以此去国,终焉。而其子皋谟乃以行实属之,节斋叙此一节,指为中风,且有以微罪行之语。皋谟以呈其从兄应辰、应桃之子也,以为不然,节斋恐其不用也,径取而刻之以出,此岂特不审而已哉!盖敌惠敌怨不在后嗣,然自当视其事之轻重理之,是非不可一概论也。

施武子被劾

施宿字武子,湖州长兴人。父元之,绍兴张榜,乾道间为左司谏。宿晚为淮东仓曹,时有故旧在言路,因书遗以番葡萄。归院相会,出以荐酒,有问,知所自,憾其不已致也,劾之,无以蔽罪。宿尝以其父所注坡诗刻之仓司,有所识傅稚字汉孺,湖州人。穷乏相投,善欧书,遂俾书之,锓板以赒其归。因摭此事,坐以赃私。其女适章农卿良朋云。

二 章 清 贫

章文庄参政与其兄宗卿,虽世家五马,而清贫自若。少依乡校,沈丞相该之家学相连,章日过其门。沈氏少年与客坐于厅事,时方严冬,二章衣不掩胫,沈哂之曰:"此人会著及时衣。"客徵之曰:"二章才学,乡曲所推,不可忽也。"章亦微闻之。既而,兄弟联登第,骎骎通显。沈氏之屋,适有出售者,宗卿首买之以居焉。宗卿滑稽善谑,与同舍聚话,吴棣调之曰:"鸟覆翼之。"翼之,宗卿字也。章若不闻,他语自若,良久,忽语众曰:"顷与众人会语正洽,俄闻恶臭,罔知所自。时舍弟达之亦在焉,久乃觉其自达之也,退而诮之曰:'吾弟,吾弟,众皆在此说话,吾弟却在此放屁。'"众为一笑。

卿 宰 小 鬼

何小山既贵,里居有卿宰,初上来见,一睹刺字曰小鬼耳,遣吏谢之。后以佃家来诉邻凫之扰,有状至邑宰,判云:"作高田塍多著水,鸭踏苗头自理会。朝中自有大官人,何必执状问小鬼。"

刘 漫 塘

刘宰字平国,号漫塘,润之金坛人。早有经世志,以微疾,不乐出。或言其面黯点,不欲应诏起者再,力辞以免。尝大书其印历,以示终身不起云:怪矣面容,无食肉相;介然褊性,无容物量。智浅而虑不周,材疏而用则旷。不返初服,辄启荣望。岂特二不可七不堪,正恐一不成万有丧。故俯以自适,超然自放。衣敝袍可无三襫之辱,饭蔬食何用八珍之饷?隐几觉来,杖藜独往。或从田家瓦盆之饮,或和渔父沧浪之唱。顾盼而花鸟呈伎,言笑而川谷传响。优游岁月,逍遥天壤。道逢扁舟而去者,语之曰:"汝非霸越之人乎?陶天下之中,从子致富,亟去,毋乱吾乐!"遇篮舆而来者,揖之曰:"汝非不肯见督邮者乎？有要于路者，藉得钱送酒家，固不若高卧北窗，日傲羲皇之上也。"又尝发明靖节意云："士大夫既作县弃官而归，率自托于陶元亮，其说以不见督邮为高，以解印绶不顾五斗米为廉。愚以为此士大夫有血气者之常，元亮非为血气所使者，其胸中必有见。《论语》载子在川上一章，秦、汉以来学者所未喻，独程门以为论道体，其说盖本于元亮。元亮谓置彼不舍，安此自富，惜其寄情于酒而为学有作辍也。不然，总角闻道，白首未成，所欲成者何事？脂我名车，策我良骥，千里虽遥，孰敢不至。所欲至者何所？惟其用功，深见道明，知世道之难，而时事盖不可为，故欲翻然而归。其发于督邮之来，特不欲为苟去云耳。"世遂以为诚然真痴人之前难说梦也。

陈宜中父

陈宜中之先为吏，每以利物为心，日计所及，以钱投大缶中，一钱为一事，久而不可胜计，人多德之。尝负官钱在囷，属其孙往贷于葛宣义。葛居外沙，资累钜万，宿梦黑龙绕其厅柱，觉而异之，夙兴未颒，径至彷徨，若有所伺，家人呼之不顾。果有小儿来，年可十许岁，问为谁，曰："陈某孙。"又问来故，以实对。又问所需几何？曰："百千。"如数付之。陈既出，诣葛谢，葛曰："汝肯以此子见与否？"陈曰："寒贱下吏，势分辽绝，非所敢闻。"葛勉使就学，许以捐助，未几，以长女许之。既而陈游上庠，上书攻丁大全，南迁数年，贾相牢笼，置之伦魁。陈在南日，葛以往江心寺设水陆供，尽室以往，独长女居守。葛巨富，是夕寇夜至，遂席卷以去，长女亦被获以往。至是寻盟，乃以幼女归之。陈后以文昌出守七闽，遇巧节，诸吏各有所献。陈妻忽识一桦，似其家物，审是果也。因语陈，陈乃召吏扣所从来，云"海巡所遗也"。亟发兵围其寨，尽俘诸校，置于理，悉得其情，正葛寇也。事已吻合，以次伏诛，无漏网者。葛女已有二子，初犹隐不言，其妹为言委曲，执手相哭，乃毙其二雏焉。

刘朔斋再娶

魏鹤山之女,初适安子文家,既寡,谋再适人。乡人以其兼二氏之撰,争欲得之,而卒归于朔斋。以故不得者嫉之,朔斋以是多啧言。晚丧偶于建宁。王茂悦楝自台归雪,继而朔斋亦以口语归,王辂之近郊。既而,皆有伉俪之戚,语相泣也。王告别归舟,得疾,竟至不起。王,刘所爱也。刘归吴中,未几,亦逝。二人皆蜀之隽人,识者无不惜之,时戊辰、己巳之间也。衢按,朔斋名震孙。

朔斋小姬

嘉熙丁酉,朔斋守湖,赵毋堕为鼎倅。既得湖守,为朔斋交代,刘颇不乐。会刘得史督之辟,是时其父端友适自蜀来,正所由也,不容不就。刘欲卜居于湖,拟郡教场地为基,乃别相地以迁之,得广化寺后空地。后得宅于苏,不复来,斯场随废。蔡达夫节守湖日,创安定书院,用其地为之云。朔斋在吴日,有小妓善舞扑蝴蝶者,朔斋喜而纳之矣。郑润父霖来守苏,盖旧游也。因燕集扣其人,知在刘处,亟命逮之。隶辈承风,径入堂奥,窜取以去,刘大不能堪。未几,郑殂,刘复取之以归。时淳祐己酉也。衢希按,毋堕名歪,宋宗室。

成 均 浴 堂

贾似道之为相也,学舍纤悉,无不知之。雷宜中长成均也,直舍浴堂久圮,遂一新之。或书其壁云:"碌碌盆盎中,忽见古罍洗。"雷未之见也。一日,见贾,语次忽云"碌碌盆盎中",雷恍然不知所答,深用自疑。久之,入浴堂见之,乃悟云。

潜　说　友

潜说友缙云人,甲辰得第,咸淳庚午尹京,凡四年。后因误捕贾公私秌事去,语之同僚者吴元真,逾年起家守吴,闻北师至,计无所出。适时宰欲以金银往舒城犒军,会舒已下,不得进,寄吴门郡库。潜因移为撒花用,偕表同往。北师既退,自以全城为功,未几,朝廷知其事,遂罢去。文天祥实代之。后从二王入闽,二王入广,留守闽中,更反覆随之向背,未乃复为北守。所共事王积翁因众军支米不得,王以言激之曰:"潜意也。"遂罹剖腹之酷,王复作文以祭之。潜与赵裕庵同邑,初甚相好,后浸不相能。潜既南向,裕庵之子巩与其子交恶,至聚众角斗。巩以女妻唆都,因拉裕庵入闽,以其常帅彼也。还至三衢而殂,巩后得南剑同知云。

王　积　翁

王积翁留耕。参政伯大之侄也。尝宰富阳有声,后觐北,留连甚久,遂自诡宣谕日本,遂命为奉使,以兵送之。至温陵,有任大公者,家有四舶,王尽拘用之,使行,又于途中鞭之。有谇语,王颇闻之,至骸山,即髑髅山。以好语、官职诱之,且付以空头总管文帖,且作大茶饭享之。任亦领略,亦作酒以报,众使醉饱,任纵兵尽杀之,靡有孑遗。王窜匿于舵楼下,任叱之曰:"奉使何在?"犹佯笑曰:"在此。"出则叩头乞命,任顾其徒,鞭而挤之于水,席卷所有宝物货财而去。取所乘舟断其首尾,使若倭舟然。后有水手四人逃回永嘉,北朝为之立庙赐谥焉。

王厚斋形拘

王厚斋应麟为右史、两制时,刘黻在言路,尝论之云:"识局于形,志夺于艺,惟务谀说以钓爵位,遂使文体日就委靡。遍历华要,津津立坳矣。"命下之日，唧唧人识吾皇甫，用人如鉴衡，故为而常。一通谱嫔御之人云云。

安　刘

安刘字景周，一字子阳，四明人。嘉熙丁亥，太学解试魁，戊戌周榜，初任柳州教授。及瓜惮行，使人以身代往，既而其人卒于官，郡以实言，久之乃往。归投贾于维扬，为作委曲，使言者扻出而加以谴罚，于是死灰复然。自是寖加朝武，出守括苍，末得入馆，丞秘省，得宜春以出，旋又劾去。未几，郡亦不守矣。安素与同郡孙愿质，孙无恙时，常祝其族子中以不合远之，命更一子，姐，出子乃复谋归。安患之，未有以绝其来。其人仕至信州李曹，会农寺有逋券四千缗，正在秋厅，安以为奇货，嘱承吏使迫之，自投于井而死。时弁溁为卿，张汝诰为丞，以此并免。未几，弁、张皆姐。

俞　浙

俞浙，字季渊，上虞县人。旧多游鄞学，以长上自居，与同舍不相能，至或欧击，为众所攻，誓于礼殿而去。使弟鄞教，职员多故旧，遇之如束湿，众怒而哄，碎其座，俞遂弃官去。素出王丞相燏之门，王为祷时相，治其为首者，太常丞为之代，久之不敢上。俞改吉教，乃得往。俞善治财，数吏为所迫死。后入为言官，所疏多至数十人，不久去国。常为章全部端子馆客。

黄　国

黄华父，其先建宁人，父居吴兴。早游京学，本习词赋兼《春秋》。采时事，所抄邸状甚整，其造请不避寒暑，以故多闻，枚举往事，历历如指诸掌，于时日无所差误。甲辰攻史嵩之，以预扣阍，与时宰谢方叔游从。既以乡举登庚戌第，旋得京教，继入史馆为校勘，迁太博。

中遭喷言,指其"他无所长,但能多收朝报耳"。晚得南康,未上而勘召主宗正名籍,造朝未及关,而台评及之,数月分禄。华父熟于典故,又好谈命,知人甲子,或于广座举正班次,往往呼吏从己所见,引却龟列。一日,遇六院序学官之上,责吏使正之,然后止。为六院者,踽踽而退,以故多不乐者。

方　　回

方回字万里,号虚谷,徽人也。其父南游,殂于广中。回,广婢所生,故其命名及字如此。魏明己遇为守,爱而异遇之。忽与倡家有讼,遂俱至于庭,魏见之甚骇,而方力求自直,魏为主张而敬则衰矣。后以别头登第,为池阳提领茶盐所干官。居与大家并,其家实寡妇主人,回以博游其家,且道其长,吕师夔亦往焉。旋以言去。喜作诗,以放肆为高,有云:"菊花与汝作生日,螃蟹唤吾入醉乡。"又与伯机为寿云:"诸公未许子为政,万事无如髯绝伦。""糟姜三盏酒,柏烛一瓯茶。"又自寿诗云:"把酒从来不可期,吾降《离骚》协降字作洪。今日少人知。"有轻薄子联之云:"但看建德安民榜,即是虚翁德政碑。"又《竹杖》云:"跳上岸头须记取,秀州门外鸭馄饨。"《甲午元日》云:"端平甲午臣八岁,甲午今年又一周。六十八年多少事,几人已死一人留。"其处乡专以骗胁为事,乡曲无不被其害者,怨之切齿。遂一向寓杭之三桥旅楼而不敢归。老而益贪淫,凡遇妓则跪之,略无羞耻之心。有二婢曰周胜雪、刘玉榴,方酷爱之,而二婢实不乐也。既而方游金陵,寄二婢于其母周姬之家,恣开杜陵之门,胜雪者竟为豪客挟去。方归,惟怅惋而已,遂作二诗云:"鹦鹉笼开彩索宽,一宵飞去为谁欢。早知黠姬心肠别,肯作佳人面目看。忍著衣裳辜旧主,便涂脂粉事新官。丈夫能举登科甲,可得妖雏胆不寒。""一牝犹嫌将两雄,趋新背旧片时中。陡忘前主能为叛,乍事他人更不忠。玉碗空亡无易马,绛桃犹在未随风。何须苦问沙吒利,自是红颜薄老翁。"自刻之梓,揭之通衢,无不笑者。既而复得一小婢曰半细,曲意奉之。每出至亲友间,必以荷叶包饮食肴核于袖中,归而遗之。一日,遇客于途,正揖间,荷包坠地,视之,乃半鸭耳,路人无不大笑,而方略不为耻。每夕与小婢好合,不避左右。一夕痛合,床脚摇拽有声,遂撼落壁土,适邻居有北客病卧壁下,遂为土所压。次日诉于官,方为追逮到官,朋友间遂为劝和,始免。未几,此婢满,求归母家,拳拳不忍舍,以善价取之以归。时年登古希之岁,适牟献之与之同庚,其子成文与乃翁为庆,且征友朋之诗,仇仁近有句云:"姓名不入六臣传,容貌堪传九老碑。"且作方句云:"老尚留樊素,贫休比范丹。"方尝有句云:"今生穷似范丹。"于是方大怒褒牟而贬已,遂撼六臣之语,以此比今上为朱温,必欲告官杀之。诸友皆为谢过,不从。仇遂谋之北客侯正卿,正卿访之,徐扣曰:"闻仇仁近得罪于虚谷,何邪?"方曰:"此子无礼,遂比今上为朱温,即当告官杀之。"侯曰:"仇亦止言六臣,未尝云比上于朱温也。今比上为朱温者,执事也。告之官,则执事反得大罪矣。"方色变,侯遂索其诗之元本,手碎之乃已。先是,回为庶官时,尝赋《梅花百咏》以谀贾相,遂得朝除。及贾之贬,方时为安吉倅,虑祸及己,遂反锋上十可斩之疏,以掩其迹。时贾已死矣,识者薄其为人。有士人尝和其韵,有云:"百诗已被梅花笑,十斩空余谏草存。"所谓十可斩者,盖指贾之幸、诈、贪、淫、褊、骄、吝、专、谬、忍十事也,以此遂得知严州。未几,北军至,回倡言死封疆之说甚壮。及北军至,忽不知其所在,人皆以为必践初言死矣。遍寻访之不获,乃迎降于三十里外,鞑帽毡裘,跨马而还,有自得之色。郡人无不唾之。遂得总管之命,遍括富室金银数十万两,皆入私囊。有老吏见其无耻不才,极恶之。及来杭,复见其跪起于北妓之前,口称小人,食猥妓残杯余炙,遂疏为方回十一可斩之说,极可笑。大略云:"在严日,虐敛投拜之银数十万两,专资无益之用,及其后则鬻于人,各有定价。市井小人求诗序者,酬以五钱,必欲得钱入怀,然后漫为数语。市井之人见其语草草,不乐,遂以序还,索钱,几至挥拳,此贪也。寓杭之三桥旅舍,与婢宣淫,撼落壁土,为邻人讼于官,淫也。一人誉之,则自视天下为无人,大言无当,以前辈自居,骄也。一人毁之,则呼号愤怒,略无涵养,褊也。在严日,事皆独断以招赂,不谋之同寅,专也。有乡人以死亡告急者,数日略不之顾,吝也。凡与人言,率多妄诞,诈也。回有乞斩似道之疏以沽名,及北兵之来,则外为迎拒之说,而远出投拜,是徼幸也。昔受前朝高官美职,今乃动辄非骂以亡宋称之,是可忍也,孰不可忍也! 年已七旬,不归田野,乃弃其妻子,留连杭邸,买少艾之妾,歌酒自娱。至于拜张、朱二宣慰以求保解,日出市中买果肴以悦其婢,每见猥妓,必跪以进酒,略不知人间羞耻事,此非老谬者乎? 使似道有知,将大笑于地下矣。"其说甚详,姑书大略如此。

衡 岳 借 兵

衡岳庙之四门,皆有侍郎神,惟北门主兵,最灵验。朝廷每有军旅之事,则前期差官致祭,用盘上食,开北门,然亦不敢全开,以尺寸计兵数。或云其主司乃张子亮也。张为湘南运判,死于官。丁卯、戊辰之间,南北之兵未释,朝廷降旨以借阴兵。神许启门三寸,臬使遂全门大启之,兵出既多,旋以捷告。而庙旁数里民居皆罹风灾,坏屋近千家,最后有声若雷震者,民喜曰"神归矣",果遂帖息。后使按行民有诉者,乃厚给之。

北 客 诗

北客有咏前朝诗云:"当日陈桥驿里时,欺他寡妇与孤儿。谁知三百余年后,寡妇孤儿亦被欺。"又咏汴京青城云:"万里风霜空绿树,百年兴废又青城。"盖大金之亡,亦聚其诸王于青城而杀之。白敬甫。

须 溪 月 诗

刘会孟尝作《月诗》,六言,云:"霓裳声里一撷,如今是第几轮。赤壁黄楼都在,古今多少愁人。"为人所讦,几殆。

菊　子

朱斗山云："凡菊之佳品，俟其枯，斫取带花枝，置篱下，至明年收灯后，以肥膏地，至二月即以枯花撒之。盖花中自有细子，俟其苗，至社日，乃一一分种。"

回 回 无 闰 月

回回俗每岁无闰月，亦无大小尽，相承以每月岁首数三百六十日，则为一年。乙酉岁，以正月十二日为岁首，大庆贺。可与此说非也。回回之历，岁月但以见新月为一月之首，每岁则以把斋满日为庆贺，谓之开斋节。如把正月，则一并三年皆把正月。次年则退把十二月，又三年周而复始，凡三十六年，则一周也，皆例退。凡把斋月，但见新月则把起，次月见新月则开斋，此非用古之礼，乃夷俗也，何足尚哉！

乱 敽 二 字

治乱之亂当作亂，从乿从乙。郎段切。治也，治之也。烦敽之敽当作敽，从乿从攴。音同前，烦也。并见《说文》乙部、攴部。

两 王 医 师

王医师有二：王继先，高祖朝国医，后以德寿宫进药罔效，安置福州；王泾，亦继先同时，相先后应奉，后以德寿疾进凉药大渐，杖脊鲸海上，后得归，所谓御胗王承宣者是也。

髯 阉

《周益公日记》云："杨存中人号为髯阉，以其多髯而善逢迎也。"《王梅溪集》载刘共甫云："范伯达尝目存中为髯阉，谓形则髯，其所为则阉也。"

胡 服 间 色

茶褐、黑绿诸品间色,本皆胡服,自开燕山,始有至东都者。《攻媿
夫人行状》。

天 市 垣

伯机云:"扬州分野正直天市垣,所以两浙之地市易浩繁,非他处
之比。"此说甚新。又术者云:"近世乃下元甲子用事,正直天市垣,所
以人多好市井牟利之事。"

石 行

德祐国将亡之际,福王府假山石一峰高二丈,忽行出厅事而仆,
其所乘大舟,若牛鸣者三。全子用。

世 修 降 表

李世修,蜀人,愠堂熊仲之子,为江阴金判。北军之来,因斩使而
得知军事,后乃自修降表以降,岂世修降表之裔乎?

社 公 珠

近时社公多为回回所买。或言其胸中有珠,过二十以后则在膝,
必凿之。过三十以往,则无之矣。此妄传也。纵有之,回客焉敢杀人
而取珠乎?

贺知章倚史势

近者鉴湖天长观有道士为僧,献杨总摄所,云:"照得贺知章者,本是小人,倚托史越王声势,将寺改为道观,今欲乞复元寺施行。"杨髡遂从其请,真可发笑也!

尼　　站

临平明因尼寺,大刹也。往来僧官每至,必呼尼之少艾者供寝,寺中苦之。于是专作一寮,贮尼之尝有违滥者,以供不时之需,名曰"尼站"。

升 遐 玉 圭

国朝典故,凡人主升遐,玉带则取之霍山,玉圭则取之文宣王。向后复送还之,不知起于何时。

椒 兰 殿 赤 草

洛阳椒兰殿故基之前,传是朱温弑昭宗处,寻丈间生草皆赤色,谓其冤血所染而然也。

燕　　用

汴梁宋时宫殿,凡楼观、栋宇、窗户,往往题"燕用"二字,意必当时人匠姓名耳。及金海陵修燕都,择汴宫窗户刻镂工巧以往,始知兴废皆定数,此即先兆也。

荐

《尚书》窜四凶,或问云:"鲧有汨陈五行之罪,共工触不周而折天柱,三苗有不率教之罪,特不知驩兜以何罪而同罚?"或解曰:"帝曰:'畴咨若予采。'驩兜曰:'都!共工方鸠僝功。'帝曰:'吁!静言庸违,象恭滔天。'"然则驩兜有所荐非才之罪,故与之同罚耳。师道云叶亦愚常用,不知出何书?

大 仙 笔 诗

客有降仙者,余心疑其捧箕者自为之。因命题《赋笔》,且令作七言律诗,顷刻辄就,云:"兔出山中骨欲仙,何人拔颖缠尖圆。拙夫堪笑堆成冢,豪客曾同扫似椽。窗下玉蜍涵夜月,几间雪茧涌春泉。当时定远成何事,轻掷毛锥恐未然。"纵使人为,其速亦不可及也。辛卯春。

蒙 古 江 西 政

蒙古及之在江西省也,每下学,则命士人坐讲而立听,又出钞、帛、酒、米,命士人群试。刘会孟命题出《周南赋》,韵脚云:"言化之自北而南也。"《闻韶赋》"不图为乐至于斯也"。蒙之死,会孟作祭文十六字云:"公来何暮,公逝何速。呜呼哀哉,江西无福。"

火 蝎

北方毒螫,有所谓火蝎者,比之常蝎极小,其毒甚酷。常有客人数辈,夏月小憩磐石,忽觉髀间奇痛彻心,不可忍,遂急起索之,则石面光莹,初无他物。仅行数步,则通身肿溃而殂。其同行异之,意石之下必有异,遂起视之。见一蝎极小而色黑,一人以竹杖击之,竹皆爆裂，而执竹之手亦肿溃，不旋踵而死。近得杜真人持咒驱，此害稍息。

倪氏窖藏

倪文节为吾乡一代名流，常与秀邸为邻，颇有侵越地界之争。常为之语云："住场好，不如肚肠好；坟地好，不如心地好。"盖有为而发也。或议其有窖藏之僻，然余未敢以为信。既而，子孙有分析窖藏不平之讼，颇为前人之辱，余始疑而终未敢以为信。后纳一婢，乃自其孙所来，备言其事，云："一日骤雨，堂屋舍漏水，甕不泄，遂呼圬者整之。得大箧于檐溜中矗下，视之，皆黄白也。或窖于墙壁间，凡数处。以此兴讼，数年不已，尽为刻木辈所有，正不救子孙之贫也，悲夫！"

燕子城铜印

伯机云：长安中，有耕者得陶器于古墓中，形如卧茧，口与足出茧腹之上下，其色黟黑，匀细若石，光润如玉，呼为茧瓶。大者容数斗，小者仅容数合，养花成实。或云：三代秦以前物，若汉物，则苟简不足观也。又保定府之西有易州，即郭药师起兵处，在易水北，州东南有故城，土人号曰"燕子城"。有人耕于城中，得小铜印数十枚，一好事者购得赵云之印，一钮不盈寸，篆十字，极精好。伯机得一印于焦达卿处，古文二字莫有识者。其最可怪者，或一锸土凡得数枚，莫知其所以然也。

祖　杰

温州乐清县僧祖杰，自号斗崖，杨髡之党也。无义之财极丰，遂结托北人，住永嘉之江心寺，大刹也。为退居号春雨庵，华丽之甚。有寓民俞生，充里正，不堪科役，投之为僧，名如思。有三子，其二亦为僧于雁荡。本州总管者与之至密，托其访寻美人。杰既得之，以其有色，遂留而蓄之。未几有孕，众口籍籍，遂令如思之长子在家者娶之为妻，然亦时往寻盟。俞生者不堪邻人嘲诮，遂挈其妻往玉环地名以避之。杰闻之大怒，遂俾人伐其坟木以寻衅。俞讼于官，反受杖，遂诉之廉司。杰又遣人以弓刀置其家，而首其藏军器，俞又受杖。遂诉之行省，杰复行赂，押下本县，遂得甘心焉，复受杖。意将往北求直，杰知之，遣悍仆数十，擒其一家以来，二子为僧者亦不免。用舟载之僻处，尽溺之，至刳妇人之孕以观男女，于是其家无遗焉。雁荡主首真藏叟者不平，越境擒二僧杀之，遂发其事于官，州县皆受其赂，莫敢谁何。有印僧录者，素与杰有隙，详知其事，遂挺身出，告官司。则以不干己却之。既而遗印钞二十锭，令寝其事，而印遂以赂首于是官，始疑焉。忽平江录事司移文至永嘉，云据俞如思一家七人经本司陈告事官司，益疑以为其人未尝死矣。然平江与永嘉无相干，而录事司无牒他州之理，益疑之。及遣人会问于平江，则元无此牒，此杰所为，欲覆而彰耳，姑移文巡检司追捕一行人。巡检乃色目人也，夜梦数十人皆带血诉泣，及晓，而移文已至，为之悚然。即欲出门，而杰之党已至，把盏而赂之。甫开樽，而瓶忽有声如裂帛，巡检恐而却之。及至地所，寂无一人，邻里恐累而皆逃去，独有一犬在焉。诸卒拟烹之，而犬无惊惧之状，遂共逐之，至一破屋，嗥吠不止。屋山有草数束，试探之，则三子在焉，皆恶党也。擒问不待捶楚，皆一招即伏辜，始设计招杰。凡两月余始到官，悍然不伏供对，盖其中有僧普通及陈轿番者未出官。普已赍重货入燕求援，以此未能成狱。凡数月，印僧日夕号诉不已，方自县中取上州狱。是日，解因上州之际，陈轿番出觇，于是成擒，问之即承。及引出对，则尚悍拒，及呼陈证之，杰面色如土，陈曰："此事我已供了，奈何推托？"于是始伏，自书供招，极其详悉，若有附而书者。其事虽得其情，已行申省，而受其赂者，尚玩视不忍行。旁观不平，惟恐其漏网也，乃撰为戏文，以广其事。后众言难掩，遂毙之于狱，越五日而赦至。夏若水时为路官，其弟若木备言其事。

杨髡发陵

乙酉杨髡发陵之事，起于天衣寺僧福闻号西山者，成于刹僧演福寺允泽号云梦者。初，天衣乃魏宪靖王坟寺，闻欲媚杨髡，遂献其寺。继又发魏王之冢，多得金玉，以此遽起发陵之想，泽一力赞成之。遂俾泰宁寺僧宗恺、宗允等诈称杨侍郎、汪安抚侵占寺地为名，出给文书，详见前集。将带河西僧及凶党如沈照磨之徒，部领人夫发掘。时有宋陵使中官罗铣者，犹守陵不去，与之极力争执，为泽率凶徒痛棰，胁之以刃，令人拥而逐之。铣力敌不能，犹拒地大哭。遂先发宁宗、理宗、度宗、杨后四陵，劫取宝玉极多。独理宗之陵所藏尤厚，启棺之初，有白气竟天，盖宝气也。帝王之陵，乃天人也，岂无神灵守之。理宗之尸如生，其下皆藉以锦，锦之下则承以竹丝细簟，一小厮攫取，掷地有声，视之，乃金丝所成也。或谓含珠有夜明者，遂倒悬其尸树间，沥取水银，如此三日夜，竟失其首。或谓西番僧回回，其俗以得帝王髑髅可以厌胜，致巨富，故盗去耳。事竟，罗铣买棺制衣收敛，大恸垂绝，乡里皆为之感泣。是夕，闻四山皆有哭声，凡旬日不绝。至十一月，复发掘徽、钦、高、孝、光五帝陵，孟、韦、吴、谢四后陵。徽、钦二陵皆空无一物，徽陵有朽木一段，钦陵有木灯檠一枚而已。高宗之陵，骨发尽化，略无寸骸，止有锡器数件，端砚一只。为泽所得。孝宗陵亦蜕化无余，止有项骨小片，内有玉瓶炉一副及古铜鬲一只。亦为泽取。尝闻有道之士能蜕骨而仙，未闻并骨而蜕化者，盖天人也。若光、宁诸后，俨然如生，罗陵使亦如前棺敛，后悉从火化，可谓忠且义矣！惜未知其名，当与唐张承业同传否？后之作宋史者，当览此以入忠臣之传。金钱以万计，为尸气所蚀，如铜铁，以故诸凶弃而不取，往往为村民所得，间有得猫睛、金刚石异宝者。独一村翁于孟后陵得一髻，其发长六尺余，其色绀碧，髻根有短金钗，遂取以归，以其为帝后之遗物，庋置圣堂中奉事之，自此家道渐丰。其后，凡得金钱之家，非病即死，翁恐甚，遂送之龙洞中。闻此翁今为富家矣。方移理宗尸时，允泽在旁以足蹴其首，以示无惧。随觉奇痛一点起于足心，自此苦足疾，凡数年，以致溃烂双股,堕落十指而死。天衣闻僧者既得志,且富不义之财,复倚杨髡之势,豪夺乡人之产,后为乡夫二十余辈俱俟道间,屠而脔之。当时刑法不明,以罪不加众而决之,各受杖而已。

二　僧　入　冥

乙未岁,余还雪省墓,杼山闻宝积僧云:"去岁菁山普明寺僧茂都事者,病伤寒,死二日复苏。言初至大官府,冠裳数人据坐大殿,有一僧立庑下,窃窥之,则径山高云峰也。欲扣其所以,摇手云:'我为人所累至此。'忽枷至一僧,则其徒也。即具铁床,炽火炙之,叫号秽臭不可闻。主者呼云峰,问其事如何? 答曰:'彼受此痛,若某有预,必言矣。'主者曰:'当是时是谁押字?'则无以对。继又枷至一僧,骨肉皆零落,则资福寺主守观象先也。方欲问之,忽有黄巾武士直造殿上,问某事何为久不行遣? 或云问景僧录事。主者皆悚然而起,立命吏索案,案卷盈庭,点检名字,一吏就旁书之,凡四十二人,主者遂署于后。甫毕,此纸即化为火飞去,即有大青石枷四十二具,陈于庭下,各标姓名于上。顷刻追至二僧,乃灵隐、龄悦二都事,即就枷之。继而又有一人自外巡庑而入,各点姓名,见茂云:'汝安得至此?'遂令拥出,至门一跌而寤。"然其所见四十二人,是时皆无恙。至次年,死者凡十数人,固已异矣。至丁酉七月,演福主僧允泽号云梦者,以双足堕指溃烂,病亟,日夕号呼,瞑目即有所睹。其亲族兄长在左右视其疾,一日,忽令其兄设四十九解礼忏,自疏平生十大罪以谢过,发陵亦一事。泣谓其兄曰:"适至阴司,见平日作过诸僧皆在,各带青石大枷,独有二枷尚空,已各书名于上矣。其一则下天竺瑞都事也。"其时瑞故无恙。扣其一枷为何人? 则潸然堕泪曰:"吾恐不可免也。"是夕泽殂。越一日,瑞都事亦殂。其冥中所见,大率与甲午岁茂僧入冥所睹皆吻合,盖可谓怪。天理果报之事,未有昭昭如此事者,故书之以警世云。

别集下

天　籁

风之吹万物不同,天籁也。禽鸟啁哳,亦天地自然之声,作乐者当于此取则焉。所谓"听风听水作霓裳",近之矣。以《箫韶》九成,凤凰来仪,击石拊石,百兽率舞,盖以我自然之声,感彼自然之应,所谓同声相应者也。

陈绍大改名

陈绍,天台之仙居人,初名诏。宋淳祐丙申,常魁漕闱,后游上庠,欲改名。或有言增损偏旁可也,昔先圣本名兵,已乃去其下二笔,遂易今名登第。及问其语所本,则不能知,所谓异闻也。

银　花

高疏寮,一代名人。或有议其家庭有未能尽善者,其父尝作《兰亭博义叙》,疏寮后易为《兰亭考》,且辄改翁之文,陈直斋尝指其过焉。近得炳如亲书与其妾银花一纸,为之骇然,漫书于此,云:"庆元庚申正月,余尚在翰苑,初五日成得何氏女,为奉侍汤药。又善小唱嘌唱,凡唱得五百余曲,又善双韵,弹得五六十套。以初九日来余家,时元宵将近,点灯会客,又连日大雪,余因记刘梦得诗'银花垂院榜,翠羽撼條条铃',王禹玉《和贾直孺内翰》诗'银花无奈冷,瑶草又还芳',苏味道《元宵》诗'火树银花合,星桥铁锁开',《群仙录》'姚君上升之日,天雨银花,缤纷满地',宋之问《雪中应制》诗'琼章定少千人和,银树先舒六出花',遂名之曰'银花'。余丧偶二十七年,儿女自幼

至长大,恐疏远他,照管不到,更不再娶,亦不蓄妾婢,至此始有银花,
至今只有一人耳。余既老,不喜声色,家务尽付之子,身旁一文不蓄,
虽三五文,亦就宅库支。余不饮酒,待客致馈之类,一切不管。银花
专心供应汤药,收拾缄护,检视早晚点心,二膳亦多自烹饪,妙于调
脷。缝补、浆洗、烘焙替换衣服,时其寒暖之节,夜亦如之。余衰老,
多小小痰嗽,或不得睡,即径起在地扇风炉,趣汤瓶,煎点汤药以进。
亦颇识字,助余看书检阅,能对书札。时余六十七岁矣,同往新安,供
事三年,登城亭,览溪山,日日陪侍,余甚适也。既同归越,入新宅次
家,亲族以元宵寿予七十。时银花年限已满,其母在前,告某云:'我
且一意奉侍内翰,亦不愿加身钱。'旧约逐月与米一斛,亦不愿时时来
请。余甚嘉其廉谨,且方盛年,肯在七十多病老翁身傍,日夕担负大
公徒,此世间最难事,其淑静之美,虽士大夫家贤女有所不及也。丙
寅春,余告以:'你服事我又三年矣,备极勤劳。我以面前洗漱等银器
约百来两,欲悉与你。'对以'不愿得也'。时其母来,余遂约以每年与
钱百千,以代加年之直,亦不肯逐年请也。积至今年,凡八百千,余身
旁无分文,用取于宅库,常有推托牵掣,不应余求。自丙寅年,欲免令
庵庄枭租谷六百石,是岁积两年租米未枭,见管五六十石,庵僧梵头
执法云:'知府与恭人商量,欲以此谷变钱,添置解库一所。'继而知府
来面说,且要谷子钱作库本,若要钱用,但来支用,不知要钱几何? 余
云:'用得千缗。'答云:'无不可者。'而宅库常言缺支用,拒而不从。
又二年,遂令庄中枭谷五百石,得官会一千八十贯,除还八年逐年身
钱之外,余二百八十贯,还房卧钱,系知府曾存有批子。支三百千,系
丙寅春所许,令填上项钱。余谓服事七十七岁老人,凡十一年,余亦
忝从官,又是知府之父,又家计尽是笔耕有之,知府未曾置及此也。
况十一年间看承谨细,不曾有病伏枕,姑以千缗为奁具之资,亦未为
过。但即未办,候日后亲支给,银花素有盼盼燕子楼之志,而势亦不
容留。余勉其亲,亦迟迟至今。今因其归,先书此为照。银花自到
宅,即不曾与宅库有分文交涉,及妄有支用。遇寒暑,本房买些衣著
及染物,余判单子付宅库正行支破,银花即无分毫干预。他日或有忌
嫉之辈,辄妄有兴词,仰即此示之。若遇明正官司,必鉴其事情,察余

衷素,且悯余叨叨于垂尽之时,岂得已哉!嘉定庚午八月丙辰押。"达识如乐天,亦有不能忘情之句,爱之难割也如此。浮图三宿桑下者,有以夫!余年及炳如之岁,室中散花之人空也,幸无此项挂碍耳。

褚承亮不就试

金人天会中,皇子郎君破真定,拘境内进士,立试场。褚承亮字茂先,宣和中已擢第,至此匿不出。军中知其才,遂押赴安国寺对策,大抵以徽宗无道、钦宗失信为问。举人承风旨,极行诋毁,茂先诣主文刘侍中云:"君父之过,岂臣子所宜言邪?"即揖而出,刘为变色。后数日,复召茂先,问:"愿附榜乎?"茂先坚不从。是时所考者七十二人,遂自号"七十二贤"。状元许必仕至郎中官,一日,出左掖门,堕马,适与石硙遇,碎首而死,余无显者。茂先后年七十余,谥为"元真先生"。刘侍中名宵产,辽咸雍中状元,怨宋人海上之盟,故发此问。此北人元遗山《续夷坚志》所载,其好恶之公如此,叛臣贼子亦可知所惧矣。

凤　凰　见

金泰和四年六月,磁州武安县南鼓山北石圣台凤凰见。凤从东南来,众鸟周围之,大者近内,小者在外,以万万计。地在屯区村,村民惧为官司所扰,谋逐去之,驱牛数十头,击柝促之。牛未至二里,即有鸷鸟振翼而起,翼长丈余,下击二水牯,肉尽见骨,水牯即死。于是众始报官。凤凰高丈余,尾作鲤鱼状,而色殷,九子差小,翼其傍。凤为日影所照,则有二大鸟更迭盘旋庇荫之,至日入则下。留三日,乃从西北摩空而上,县中三日无鸟雀。凤去后,人视其处,有鲤鱼重五六十斤者,食余尚有数头。台旁,禽鸟粪两沟皆满,小禽不敢飞动,饿死者不可胜计。村民疑台下有异,私掘之三尺余,石罅中直插金剑一,取不能尽,击折得其半,以火锻,欲分之,剑见火,化金蝉散飞而去。

武　城　隍

戊戌七月，武城蝗自北来，蔽映天日。有崔四者，行田而仆，其子寻访，但见蝗聚如堆阜，拨视之，见其父卧地上，为蝗所埋。须发皆被啮尽，衣服碎为筛网，一时顷方苏。晋天福中，蝗食猪。平原一小儿为蝗所食，吮血，惟余空皮裹骨耳。

绵　上　火　禁

绵上火禁，升平时禁七日，丧乱以来，犹三日。相传火禁不严，则有风雹之变。社长辈至日就人家以鸡翎掠灶灰，鸡羽稍焦卷，则罚香纸钱。有疾及老者不能冷食，就介公庙卜乞小火，吉则燃木炭，取不烟；不吉则死不敢用火。或以食暴日中，或埋食器于羊马粪窖中，其严如此。戊戌岁，贾庄数少年以禁火日饮酒社树下，用柳木取火温酒，至四月，风雹大作，有如束箱柳根者在其中，数日乃消。又云：火禁中，虽冷食无致病者。

旱　魃

金贞祐初，洛阳大旱。登封西吉成村有旱魃为虐，父老云："旱魃至，必有火光，即魃也。"少年辈入昏凭高望之，果见火光入农家，以大梧击之，火焰散乱，有声如鸵。古人说旱魃长三尺，其行如风，未闻有声也。

买　地　券

今人造墓，必用买地券，以梓木为之，朱书云"用钱九万九千九百九十九文，买到某地"云云。此村巫风俗如此，殊为可笑。及观元遗山《续夷坚志》载曲阳燕川青阳坝有人起墓，得铁券刻金字，云："敕葬忠臣王处存，赐钱九万九千九百九十九贯九百九十九文。"此唐哀宗之时，然则此事由来久矣。已上六事并见《续夷坚志》。

泰 山 如 坐

泰山如坐，嵩山如卧，华山如立。赵德正云。

平 分 四 时

周岁十二月平分四时，余欲以二、三月为春，四、五、六、七月为夏，以八、九月为秋，十、十一、十二并来年正月为冬。何以言之？春生正月物未生，夏暑七月暑未退，秋凉九月与八月同，冬寒正月与十二月同，故也。此说但据寒温而言，非谓气候也，亦自有理。余则欲以二、三、四月为春，五、六、七月为夏，八、九、十月为秋，十一、十二来年正月为冬，如此始得寒温之正耳。

必 世 后 仁

子曰："必世而后仁。"盖言天下大乱，人失其性，凶恶不可告诏，三十年后此辈老死殆尽，后生可教，而渐成美俗也。已上北人杨宏道事言补。

画 扇 不 入 内

客语云：紫纱衫、画扇，画花竹者不禁。不得入内。今年宰相皆是紫罗衫褙，不许携扇以入客次。自有画扇，特不许携出耳。

权 知 举

祖宗朝，知贡举者礼部长贰，乃云知举，馀官虽在礼部贰之上，皆称权知举，盖知举乃礼部职也。今不复然。

一　彪

虏中谓一聚马为彪，或三百匹，五百匹。

咸阳六冈

咸阳有六冈，如乾之六爻，故曰咸阳。唐时宫殿皆在九冈上，而作太清宫于九五冈上，百官府皆在九四冈上。

卯酉克损目

凡人损目者，命多是卯酉克，盖卯酉者日月之门户，所为光明也。卯为子所刑击。酉乃自刑，必有此疾。

守口如瓶

富郑公有"守口如瓶"、"防意如城"之语，见《梁武忏》六卷，不知本出何经？

德寿赏月

德寿宫有桥，乃中秋赏月之所。桥用吴璘所进阶石甃之，莹彻如玉，以金钉校。桥下皆千叶白莲花，御几御榻，至于瓶炉酒器，皆用水精为之。水南岸皆宫女童奏清乐，水北岸皆教坊乐工，吹笛者至二百人。康伯可云。

汴京宫殿

京师有八卦殿，八门各有树木、山石，无一相类。石皆嵌空，石座亦穿空,与石窍相通。上欲有所往,与所幸美人自一门出,宫人仙衣,壮士扶轮,一声水辟历,则仙乐竞奏云霄间,石窍间脑麝烟起如雾。大门省玉虚馆阶前以玉石甃之,殿上橡柱一色,皆金也,炫跃夺目。每上元,上必先于此馆三官殿烧香。禁中锦庄前有射垛,太祖始受禅,即暂坐于此,有“茅茨不剪”之风。房中一夕失火尽焚,惟锦庄如故。又库前有苇林,初受禅时,用苇为火把,弃掷成林。后大内焚苇,虽烧尽复繁茂云。

宦 者 服 药

凡宦官初阉,名曰服药,则以名字申兵部,看命则看服药日时,全不用始生日时,故常择善良日时乃腐。

空 谈 实 效

周平原云:“学问须观其效,如祖宗时尚诗赋,后来以不如经义,然熙、丰以来用经义取士,何如祖宗时得人?又如元符后尚伊川之学,轻鄙王氏,然元符以后何如熙、丰?今刘子澄辈至云:‘韩魏公、欧阳公及其祖元公之属,惜不遇伊川,使见之,学问功业当不止此,不知诸公乃就实行中做也。’又言:‘圣如孔子,必以言与行相配言之,故虽孔门高弟,尚有听言观行之说。’今诸公却言自有真知,具此知者,所行自然无失。恐无此理。今之学者,但是议论中理会太深切,不加意于实行,只如人学安定先生,有何差错?若学伊川、喻子才、仲弥性之徒,岂不误事?张南轩亦为人误耳。”

周 莫 论 张 说

周必大子充,莫济子齐,坐缴张说枢密之命,皆投闲。张说乃露章荐之,两人皆得郡国,周得建宁,莫得温。莫意欲往,周迁延不进,喻子才有书言激实生患,故东汉有士大夫之祸,盖必以温为是,建为非。汪圣锡报云："东汉之患生于激，西汉之患生于养，方今患在养，不患在激也。"已上并客语，不知何人作也。

假 尸 还 魂

建康有陈道人，常与仵作行人往来，饮酒甚狎。仵问道人将何为？因曰："吾欲得一十七八健壮男子尸。"一夕，忽有刘太尉鞭死小童，仵舆致之。道人作汤，浴其尸，加自己之衣巾，作趺坐于一榻上。道人亦结趺其前，至明，道人尸化而童尸生矣。又，金大定中，宛平县张孝善男名合得，病死复活，云是良乡王建男喜儿，盖是假尸还魂者。部拟付王建为子，世宗曰："若然，则吾恐奸诈小人竞生诈伪，有乱人伦。既身是合得，止合付合得家。"前一段王山有云，后一段《世宗实录》云。

两 世 王

有两世王者，真定人，前身为吃李八。方八九岁时，一媪至门，呼为己媳妇。媪六十余矣，怪怒问儿，言："我不识汝。""我李八也。"斥呼媪小名无差，同至所居，指磨盘下，得银钗与之，至十四五后，始不复记前事。其人常在燕京。又，真定有匙王，曾病入冥，有逮者呼之曰王陵，匙曰："非也。"逮曰："汝前生实王陵也。"匙不省，遂以器盛王撼之，令省前身。匙被撼，方省曰："我果陵也。"引至一大城，城中有一囚，闭其中，身与城等。王讶，逮者曰："此白起也，罪大身亦大，俾证坑赵卒事。"匙曰："吾初建言分赵屯耳，坑出公意。"起无言，以头触城，哭曰："此证又须千万年。"匙乃苏，言其事。

象 油

燕京昔有一雄象，甚大，凡伤死数人，官吏欲杀之，不得已，乃明其罪，象遂弭帖就杀，凡得象油四十八大瓮。

狗蚤颂

侯峰和尚《狗蚤颂》云:"摸不著时寻不见,十二时中绕身转。若还离得这众生,除是不挂一条线。"亦有旨意。

物 外 平 章

或作散经,名《物外平章》云:"尧、舜、禹、汤、文、武,一人一堆黄土。皋、夔、稷、卨、伊、周,一人一个髑髅。大抵四五千年,著甚来由发颠。假饶四海九州都是你底,逐日不过吃得升半米。日夜官宦女子守定,终久断送你这泼命。说甚公侯将相,只是这般模样。管甚宣葬敕葬,精魂已成魍魉。姓名标在青史,却干俺咱甚事!世事总无紧要,物外只供一笑。"此语亦可发一笑也。

德 祐 表 诏

德祐之亡也,奉表等文,皆无肯任其责者。闽人刘岊然毅然自认,遂以丰储仓所检察除太常丞翰林,权宜使之秉笔焉。其表云:"正月日,宋国主臣谨百拜奉表于大元尊兄皇帝陛下:臣昨尝专遣侍郎柳岳、正言洪雷震捧表驰诣阙庭,敬伸卑悃,伏计已彻圣听。臣眇然幼冲,遭家多难。权臣似道背盟误国,臣不及知,至勤兴师问罪,宗社阽危,生灵可念。臣与太皇日夕忧惧,非不欲迁避以求苟全,实以百万生灵之命,寄臣一身。今天命有归,臣将焉往?惟是世传之镇宝,臣不敢爱,谨奉太皇命戒,痛自贬损,削去帝号,并以两浙、福建、江东西、湖南北、二广、两淮、四川见存州郡,谨谨悉奉上于圣朝,为宗社生灵祈哀请命。伏望圣明垂慈,念祖母、太皇耄及卧病数载,臣茕茕在疚,情有足矜。不忍臣三百余载宗社,遽至坠绝,曲赐裁处,特与存全。实拜皇帝陛下再生之赐,则赵氏子孙世世有赖,不敢弭忘。臣无任瞻天望圣,激切屏营之至!"既而,丞相吴坚奏云:"北朝丞相说两

浙、福建、四川、二广、湖南北、两淮见在州军,今已归附,合行下各郡
等处,取收附状,庶免大军前去,荼毒生灵。"取圣旨批答,云:"艺祖创
业,高宗中兴,亦艰难矣。今权臣误国,至于此极,尚忍言之哉!以小
事大,势亦宜然。朝廷所以归附,为宗社计,为百万生灵计,所有州
郡,宜各体此,取依准状,及须知册申。仍令学士院降诏书,敕某处守
臣等,朕自基不绪,遭时多艰,权臣似道误国背盟,至勤大元兴师问
罪,已入京城。有诏许存留宗社,不害生灵,谨奉太皇命戒,举国内
属。今根本已拔,其余州郡,纵欲拒守,民何辜焉。诏书到日,其即归
附,庶生灵免罹荼毒,宗社不至泯绝。故兹诏示,想宜知悉。"时丙子
二月也。哀然既随入北,死于燕京。继此行省奉表称贺,求能为表文
者,有士人陆威中,亦闽人,欣然承命。其中一联云:"《禹贡》之别九
州,冀为中国;《春秋》之大一统,宋亦称臣。"自负得意,时行省在旧秘
书省,威中候报于省前茶肆中,假寐案间。既呼之,则死已,可畏哉!

景 炎 诏

景炎末造,狼狈海上,固无暇文物典章矣。然诏语亦或有可观
者,有云:"虽鸟兽之迹,不无交中国之时;然马牛其风,何常及南海之
远。"又云:"今南方已定,兵甲已足,岂今年不战,来年不征。"不知为
何人笔也。

鸡 冠 血

《北里志》:张住住与庞佛奴有私,乃髡雄鸡冠取丹物,托邻媪以
聘陈小凤。然则今世间巷有为伪者,其来久矣。

药 州 园 馆

廖药州湖边之宅,有世禄堂、在勤堂、惧斋、习说斋、光禄斋、观相
庄、花香竹色、红紫庄、芳菲径、心太平、爱君子。门桃符题云:"喜有

宽闲为小隐，粗将止足报明时。""直将云影天光里，便作柳边花下
看。""桃花流水之曲，绿阴芳草之间。"二小亭。

亭　名

牟存斋桂亭曰"天香第一"，赵春谷梅亭曰"东风第一"，贾秋壑梅
亭曰"第一春"。

史 嵩 之 始 末

淳祐初年，乔行简拜辨章，李宗勉为左相，史嵩之督视荆、襄，就
拜右揆。既而二公皆去位，嵩之独运化权，癸卯，长至雷，三学生上书
攻之。明年，徐霖伏阙上书，疏其罪。是岁仲冬，嵩之父弥忠殂于家，
不即奔丧，公论沸腾。未几，御笔嵩之复起右丞相，于是三学士复上
书，将作监徐元杰、少监史季温、右史韩祥皆有疏，言其不可。于是范
钟拜左，杜范拜右，尽逐嵩之之党金渊、濮斗南、刘晋之、郑起潜等。
当时又为诗诮之者曰："嵩之乃父病将殂，多少恹人尽献谀。元晋甘
心持溺器，郑。良臣无耻扇风炉。施。起潜秉烛封行李，郑。一荐随司
出帝都。陈。天下好人皆史党，不知赵鼎有谁扶？"嵩之之从弟宅之，
卫王之长子也，与之素不咸。遂入札声其恶，且云："先臣弥远晚年有
爱姜顾氏，为嵩之强取以去。乞令庆元府押顾氏还本宅，以礼遣嫁，
仍乞置嵩之于晋朱挺之典。"及丙午冬，终丧，御笔史嵩之候服阕日除
职，与宫观，于是台臣章琰、李昂英及学校皆有书疏交攻之。御笔始
有史嵩之特除观文殿大学士，许令休致。时刘克庄权中书舍人，当草
制，缴奏云："照得史嵩之前丞相既非职名，又非阶位，不知合于何官
职下，许令休致？"议者乃以克庄欲阴为嵩之之地，章、李二台臣因再
攻嵩之，并克庄劾去之。克庄自辨云："腊月廿二日夜，丞相传旨草
制，次日具稿，又次日被论，竟莫知为何罪也？ 罢制中有云：'朕闻在
昔求忠臣于孝子之门，人谓斯何，岂天下有无父之国？'又云：'宇宙虽
广，有粟得而食诸；霜露既濡，啜泣何嗟及矣。'又云：'罪臣犹知之，卿

勿废省循之义退,天之道也,朕乐闻止足之言。'然竟别命词焉。"未
几,章琰、李昂英与在外差遣赵汝腾,首上封事,学校又上书乞留二
臣,并不报。且内批云:"如学校纷纷不已,元降免解旨挥,更不施
行。"于是京庠再上书云云,大博李伯玉亦上疏力争,李韶亦言上意终
不回。于是陈、韩、与蒐皆不能自安,屡丐祠,李韶作批答云:"朕临御
以来,未尝罪一言者,今为卿去二台谏以留卿,前未有是也。人言纷
纷,非出朕意。"于是韶亦奉祠而去。明年三月,忽有京学宾贤斋朱振
者独上一书,以荐嵩之,于是台臣周坦、叶大有、陈求鲁、陈垓备论其
无忌惮而罪之。

嵩 之 起 复

　　嵩之之起复也,匠监徐元杰攻之甚力,遂除起居舍人、国子祭酒,
仍摄行西掖。未几,暴亡,或以为嵩之毒之而死,俾其妻申省。以为
口鼻拆裂,血流而腹胀,色变青黑,两臂皆起黑泡,面如斗大,其形似
鬼,欲乞朝廷主盟,与之伸冤。侍御郑寀率台谏共为一疏,少司成陈
振孙、察官江万里并有疏。遂将医官、人从、厨子置狱,令郑寀督之,
竟不得其情,止以十数辈断遣而已。徐霖上书,力诋寀不能明此狱之
冤,不报,竟去。寀奏疏乞留霖,亦不报。先是,侍御史刘汉弼尽扫嵩
之之党,至此亦以暴疾亡,或者亦谓嵩之有力,然皆无实迹也。朝廷
遂各赐田五顷,楮币五千贯,以旌其直。黄涛之试馆职也,对策历数
史嵩之之恶,至是除宗正少卿,于对疏乃言元杰止是中暑之证,非中
毒也。于是佥议攻之。而元杰之子直谅投匦扣阍,力辨此说,涛遂被
劾云。

徐　　霖

　　徐霖字景说,号径畈,三衢人,为南省第一人。首伏阙诋史嵩之,
不报,嵩之谓人曰:"朝廷大比,所费不知其几,合天下士,仅得一省
元,乃是狂生,可以为世道叹!"于是虚名顿增。未几,有徐元杰之狱,

上书攻郑寀不明此冤,径去国。寀上疏留之,于是传旨,俾宰执留之,
又令左司尹焕面留,又令姚希得传旨勉谕,毅然不从而去。往往沽激
太过,人亦薄之。其居衢也,于所居画诸葛武侯像,终日与之对坐,论
天下事。诸阃畏其吻,竞致金帛,皆受之。其回字有云:"承惠兼金束
帛,足见尊贤崇道之意。"赵汝腾时为从官,上疏力荐,至比之为范文
正公,屡有召命,皆不就,及除著作郎,则翻然而来,举止颠怪,妄自尊
大。凡士子之来受教,皆拜庭下,霖危坐受之,不发一语,瞑目坐移
时,豁然而起。有黠者俟其瞑目,亦效之,俟其跃然而起,亦起从之。
霖曰:"汝已得道矣。"夏月,京府命工搭盖松栅,适一匠者衵服破绽,
见其二子,霖竟牒天府云:"某人受役而不主一,合从重挞。"随行一
童,厅吏或以果饵与之,霖适见,并厅吏解天府,谓某吏坏其太极,都
城无不传以为笑。甚至乘醉而入经筵,自称为宗师,及兼宰士,则妄
有更改。未几,轮对,竟论乞劾罢台谏,于是御笔有云:"徐霖以庶官
而论台谏、京尹,要朕必行,事关纪纲,前所未有。昨以去余晦为是,
今乃疏蔡杭为奸,言及朝士,亲填姓名,怀情不一,首鼠两端,可与在
外差遣。"尚迟回不去,赵汝腾往视,趣其出关。盖霖之无忌惮,皆汝
腾成其狂,至目汝腾为太宗师,己为小宗师,递相汲引。霖既去,汝腾
亦不自安,遂自补外。未几,察官萧泰来数其十二狂,不可治郡,于是
声名扫地矣。

史　宅　之

　　史宅之字子仁,号云麓,弥远之子也。穆陵念其拥立之功,思以
政地处之,然思不立奇功,无以压人望。会殿步司狱芦荡以为可以开
为良田,裨国饷。时宅之为都司,遂创括田之议,一应天下沙田、围田
圩、没官田等并行拨隶本所,名"田事所"。仍辟官分往江、浙诸郡,打
量围筑。时淳祐丁未,郑清之当国时也,遂以宅之为提领官,右司赵
与𪭨为参详官,计院汪之野为检阅,赵与訔、谢献子并为主管文字。
诸郡又各差朝士,分任其事。怨嗟满道,死于非命者甚众。分司安吉
州榷辖毛遇顺毅然不就,分司嘉禾奏院王畴刻剥太过,刑罚惨酷,词

诉纷然，随即汰去。行之期年，有扰无补。朝廷亦知其不可行。乃以赵与𩜁为浙西宪司嘉禾提领江浙田事，陈绮为淮西饷置司会陵提领江淮田事，宅之遂除副枢。于是刘垍、赵汝腾、黄自然皆力陈其不可，皆以罪去。后一年，宅之终于位，赵与𩜁死于嘉禾，王畴、盛如杞次第皆殂。其后应于官田，遂并归安边所，令都司提领焉。

郑　清　之

郑清之字德源，号青山，又号安晚，为穆陵之旧学。端平初相，声誉翕然。及淳祐再相，已耄及之，政事多出其侄孙太原之手，公论不与。况所汲引如周垍、陈垓、蔡荣辈，皆小人，黄自然尝入疏论之。既而丰储仓门赵崇隽上书，历陈其昏缪贪污之过，亦解绶而去。未几，察官潘凯遂劾之，吴燧亦劾其党，朝廷遂夺二察言职。夕堂董槐亦入疏求去，盖潘、吴二豸，皆董所荐也。潘疏有云："马天骥竭浙东盐本百万而得迁。"天骥遂申省辨白，清之欲差官核实，程元凤以为不可以外官钤制台谏，其议遂寝。时牟子才家居，亦疏攻郑而留二察，不报，辛亥冬，祈雪，得雷电大作，而清之薨于位，恩数极厚。明年，傅端林彬之按太原公受贿赂窃取相权，凡所以误故相者，皆太原之罪，乞罢其阁职，勒守故相之墓，上从之。初，清之之重来也，有作诗讥之云："一札未离丹禁地，扁舟已自到江干。先生自号为安晚，晚节胡为不自安？"及其薨也，又有诗云："光范门前雪尺围，火云烧尽晓风吹。堪嗟淳祐重来日，不似端平初相时。里巷谁为司马哭，番夷肯为孔明悲。青山化作黄金坞，可惜角巾归去迟。"

卫　王　惜　名　器

史卫王挟拥立之功，专持国柄，然爱惜名器，不妄与人，亦其所长。嗣秀王师弥既为嗣王，遂赐玉带。其弟师贡亦已建节开府矣，亦颙望横玉围腰之宠，屡有营求，皆不许。其后媚灶于史亲幸之姬，必欲得之。史知其意，命取所有玉带，于内择其最佳者与之。姬喜，亟报之,殊不知非出君赐,又无阁门许令服系关子,安可自擅服系? 其各惜名器皆此类,亦可尚也。

阉　　寺

淳祐庚戌之春,创新寺于西湖之积庆山,改九里松旧路,轮奂极其靡丽。至壬子之夏始毕工,穆陵宸翰赐名显慈集庆教寺,命讲师思诚为开山教主。既而给赐贵妃阎氏为功德院,且赐山园田亩,为数颇多。建造之初,内司分遣吏卒市木于郡县,旁缘为奸,望青采斫,鞭笞追逮,鸡犬为之不宁。虽勋臣旧辅之墓,皆不得而自保。或作诗讽之曰:"合抱长材卧壑深,于今惟恨不空林。谁知广厦千斤斧,斫尽人间孝子心。"其后恩数加隆,虽御前五山,亦所不逮。一日,忽于法堂鼓上有大字一联,云:"净慈、灵隐、三天竺,不及阎妃两片皮。"于是行下天府缉捕,岁余,终不得其人。

余　　晦

余晦字养明,四明人,小有才,赵与篲之罢京尹,晦实继之,此壬子四月也。后一月,上庠士人与市人有竞,以不能奉学舍之意。既而斋生有毙于斋中者,遂命总辖辈入斋看验,遂肆诸生之怒。时祭酒蔡杭入奏,三学卷堂伏阙上书,直攻晦为仆。及晦轿出,将白堂,则诸生拦截于路,欲行打辱,于是晦即绝江以避之,遂以理少罢职,而杭亦除宗少而去。京庠复上书留蔡,而大博黄邦彦、武博戴艮斋复劾晦而留杭,皆不报。未几,晦知鄂州,杭以贰卿召。或有诗献蔡云:"九曲湾头是钓滩,先生何事放渔竿? 长江流水滔滔去,落日西风阵阵寒。好把丹心禅圣主,休将素节换高官。想于献纳论思际,应说今来蜀道难。"后杭径除金枢,或有讥之云:"不因同舍之卷堂,安得先生之过府。"

余　玠

淳祐辛丑，余玠毅夫卒于渝州，权司程逢辰不能任其事，朝廷加意择帅。久之，乃以余晦除司农少卿，为四川宣谕使。七月入蜀，八月除权刑部侍郎、四川安抚制置使兼知重庆府，又兼四川总领。十二月方入夔峡交印，明年正月，始开藩于重庆。既而又兼夔路转运屯田。然晦才望既薄，局面又生，蜀土军民皆不安之。未几，筑紫金城，激叛苦行。隘南永忠以隆庆降，王惟忠失阆州，甘闰以沔州叛，败政日甚。未几，房兵又入，议者纷然。宗正簿赵崇璠首上封事言之，副端吴燧、蜀人赵至皆有疏。六月，御笔李曾伯以资政殿学士节制四川边面，召回程逢辰。既而余晦召赴行在，蒲泽之除军器监，暂充四川制置，权司护印。黄应凤太常丞成都运判，叶助权司，候蒲泽之自大获山回日，仍旧。公议以为不可使荆、湖、渝制西蜀，于是胡大昌、牟子才、潘凯、郑发、程元凤各有论列，参政董槐则请行以任蜀事，蔡杭亦请以沿边任使。人虽壮其志，而哂其无能为也。三学各有伏阙书攻丞相谢方叔。未几，李曾伯除四川宣抚使兼荆、湖制置大使，进司夔路，又赐曾伯同进士出身。牟子才、吴燧、胡大昌、陈大方、丁大全皆有疏，疏王惟忠罪状，乞正典刑。而庙堂亦欲以此掩误用余晦之失，遂摄惟忠赴大理狱，伏锧东市。并籍余玠家资三千万以犒师，治其子如孙之罪，皆陈大方辈作成之也。八月，除蒲泽之四川制置副使兼宣抚判官，以吕文德权知江陵，总统边事，于是蜀事略定矣。

王　惟　忠

王惟忠，四明人，其为阆帅也，与余晦为同里，薄其为人，每见之言语间，晦深衔之。及败绩，弃城而遁，晦遂甘心焉。既申乞镌降，又令其党陈大方、丁大全力攻之，必欲置之死地。庙堂亦欲掩误用帅之羞，遂兴大狱，日轮台官入寺鞫之。评事郑畴、理丞曾壄则欲引赦贷命，旋即劾去。甲寅十月二十五日，本寺出犯由榜云："勘到王惟忠顶冒补官,任知阆州利西安抚府日,丧师、庇叛、遣援迟缓等罪。准省札,奉圣旨,王惟忠处斩,仍传檄西蜀。"或者以其罪不至死,冤之。后二年,陈大方白昼有睹,恐甚,遂设醮以谢过。青词有云:"阆帅暴尸于都市,幽魂衔怨于冥途。莅职柏台,尽出同寮之议;并居梓里,初无纤隙之疑。"未几暴卒。继即余晦患瘰疬绕项,坠首而死,可畏哉!

李 伯 玉

李伯玉字纯甫,乙未殿试第三人,议论端悫,出处不苟。当史嵩之柄国时,为太学博士,上疏援章、李二台官,以此大得声誉。未几,为陈劲去。壬子,以小著召兼右司,以萧泰来附谢丞相,伤残善类,继弹高斯得,伯玉乃援神宗朝张商英故事,有都司可以按台臣之条,历数泰来之过,封章以劲之。穆陵大怒,乃降御笔云:"国家置御史,所以纠正官邪,置宰属,所以俾赞机务。御史乃天子耳目之官,宰掾不过一大有司耳,未闻以庶寮而劲纠御史者。近有以都司而按大有,言徐霖也。今伯玉以都司而按泰来,阴怀朋比之私,蔑视纪纲之地,是所以轻台谏,乃所以轻朝廷也。今伯玉且复援张商英事,以文其过,且郭磊卿以正言而按李遇英,吴当可翁甫以博士而按刘之杰,以其职事之关系也。若都司可以按台谏,则台谏反将听命于都司矣。朝纲不几紊乱乎?李伯玉可降两官,放罢。"既而台臣程元凤、刘元龙上疏劲之,御批"李伯玉僭劲御史,以快己私,擅改宪章,以文己过,肆为欺诞,浸紊纪纲,既得罪于祖宗,已难逃于黜罚"云云。明年,萧泰来除左史,牟子才亦作右史,潘凯除都丞,并有疏辞免,以为耻与哙伍。泰来遂除职,与郡郎孙梦观又缴新命,察官丁大全则奏罢其祠禄,而同援伯玉,不肯与之书降官录黄。其后,牟子才撰词命云:"国家设御史以纠官邪,非使之为营私谋利计也。萧泰来昨居弹劲之任,而黩货背义,丑正党邪,靡所不至。尔以都曹,能白其奸,虽有体统关系之法,然英词劲气,靡拂救正,略不少挫。此可以观汝之所存矣。姑屈两阶,以振台纲,而汝之心,则朕所鉴也。尚少安之,以俟叙复。"又明年七月,姚希得引对,直指赵汝腾为君子之宗,萧泰来为小人之宗,诸公多为之言叙复者。八月,伯玉与宫观。又明年,叙复元官。景定间,除礼部尚书、侍读,入政地矣。甫入修门,一疾而卒。伯玉初号畏斋,又号斛峰。

伪　号

淳祐甲寅五月,禁中获伪号人,乃是玉津园火工包四。勘供系赁到有请人潘宝敕号。继于潘宝家搜出敕入宫门假印板一面,遂正典刑,其子潘三亦杖死,凡黥决者四十八人。于是尽易事敕号,内宫门号八角样,禁卫号银锭样,殿门号四如意样,每岁一易,各立样式,承袭为例。

马　光　祖

马光祖字华父,号裕斋,吏事强敏,风力甚著,前后麾节,皆有可观。乙卯尹京,内引一札云:"自后宣谕旨挥,容臣覆奏。戚里请托,容臣缴进。"下车之后,披剔弊蠹,风采一新,时号名尹。未几,有仓部郎中师应极之子,夜饮于市,碎其酒家器。诘朝,尹车过门,泣诉其事,光祖即偿所直,追逮一行作闹仆从,仍牒问师仓郎。盖光祖时领版曹,以仓部为所属,故牒问,殊不思京师无牒问朝士之理。师乃时相之私人,乃执缚持牒之卒,恣肆凌辱,又率诸曹郎官白堂,乞正体统。朝廷遂札漕司,追出被打酒家,反加黥配。应极之子帖然无它,于是光祖威风顿挫,百事退缩。初,颜帅尹京之时,遇三学应有讼牒,必申国子监俟报,方与施行。学舍已不能堪。及光祖尹京,又创为一议,应学舍词讼,须先经本监用印保明,方许经有司。学舍尤怒之,作为小诗曰:"几年贪帅毒神京,虎视国家三学生。休道新除京尹好,敢将书铺待司成。"未几,察官朱应元劾李昂英,太学作书讯之,有云"何不移其劾昂英者劾光祖"等语,光祖愈不安。既而辟客参议薛垣以踪迹诡秘罢,于是光祖力丐外任,出守留都焉。尹京号为难治者,盖以广大之区,奸宄百弊,上则有应奉之劳,次则有贵戚干政、他司挠权之患,此其所以难也。余则曰:"不然。自淳熙以来,尹京几人其得罪而去者,未始不由学校,可指而数也。"然则学校之横,又有出于数者之外矣。

胥 吏 识 义 理

嘉定间,宇文绍节为枢密,楼钥为参政。宇文卧病,王医师泾投药而毙,史直翁帅宰执往祭之,命南宫舍人李师普为文,末句曰:"云谁过欤? 医师之罪。"相府书吏张日新写至于此,执白卫王曰:"既是误投药剂,岂可谓之医师? 只当改作庸医之罪。"卫王首肯之。又嘉定初,玉堂草休兵之诏,有曰"国势渐尊,兵威已振"。日新时在学士院为笔吏,仍兼卫王府书司,密白卫王曰:"国势渐尊之语,恐贻笑于夷狄,不当素以为弱也。"卫王是其说,遂道意于当笔者,改曰"国势尊隆,兵威振励"。盖胥吏亦有识义理,文字之不可不检点也如此。《容斋随笔》所载一事,亦然。

沈 夏

沈夏,德清人,寿皇朝为版曹贰卿。一日登对,上问版曹财用几何? 合催者几何? 所用几何? 亏羡几何? 夏一一奏对讫,于所佩夹袋中取小册进呈,无毫发差。上大喜,次日问宰臣曰:"侍郎有过政府例否?"梁克家奏云:"陛下用人,何以例为?"遂特除金书枢密院事。

史 嵩 之 致 仕

丙申之春,御笔史嵩之退安晚节已逾十年,可特授观文殿大学士,依旧金紫光禄大夫、求国公致仕,仍尽与宰执恩数。令学士院降诏,仍免宣锁。越二日,奏事右相董槐公云:"四川屡捷,颇为可喜。"金枢蔡杭随奏云:"大奸复出,深为可虑。"又云:"近降嵩之旨挥,外间谓宰臣欲为汲引,以报私恩。"上曰:"此乃还其致仕恩数耳。"参政程元凤奏云："臣曩在经筵,亦尝亲闻圣训及此,圣意虽坚,天下未必尽知,兼致仕二字,岂能縶缚之使不出?"越一日,董槐上疏辨明蔡枢之奏,欲乞于嵩之致仕旨挥之下,明示以不复图任之意,庶可白孤踪,释群疑,所有上项制可未敢施行。御批:"史嵩之复职,不过酬以宰臣谢事之恩数耳。且其一闲十三年,中外未常任使,何缘今日用之? 仍令致仕,旨挥甚明,正示天下以决不复用之意。而予之职名,则休致之典备矣,岂有他哉? 断自朕衷,非由启拟,卿其安之。"林存当制,有云:"高尚不事王侯,朕每加于雅志;忠爱不忘畎亩,尔毋有于遐心。"公论复以为未然。太学生上书攻董相及邓泳、李仲熊,并攻林存。董相再奏,谓"嵩之予致仕恩数,臣见凡前执政之罢斥者,皆有之,不复执奏。今则皆归罪于用事之人,伏望姑寝前命"。御笔云:"史嵩之复职,非由卿请,惟朕知之。学舍有言,但虑其复出耳,岂校其职名哉? 其人决不再用,其职亦不可夺,所请既不悖理,其安之。"正言邵泽劾姚希得,又于希得董试之时,捕其馆人,以赃黥决其人。乃已黥之人故也。未几,内批史玠卿理卿,并与合入干官差遣。既而嵩之又陈请任相位日连书赏,时留梦炎为国史,复申省以其邀求经修经进之赏,将来列衔,某决不敢预金,乞罢免职事。嵩之躁进,始终不静,真是可厌。而朝廷用事,岂学校一一能把持乎?

度 宗 诞 育

景定三年壬戌,度宗在东宫。闰九月二十九日亥时,降生皇孙,赐名焯,封崇国公,一作封崇国政资国公。是年十一月薨。度宗登极,追封广王,谥冲善。景定五年甲子,度宗在东宫。七月初三日未时,皇太子妃全氏降生皇孙,以彗星出现,避殿免贺。度宗即位,改称皇子,赐名铻。咸淳四年戊辰闰正月初六日午时,淑妃杨氏降生皇子,辛未赐名显,甲戌七月,进封吉王。是岁十月一日,顺安郡修容夫人俞氏诞生皇子,五年十二月,赐名宪,封益国公。六年六月十二日薨,追封谥冲定。咸淳五年己巳六月初十日,淑妃杨氏再诞生皇子,二十三日薨,赐名锃,封岐王,谥冲靖。咸淳辛未九月二十八日,全后诞生皇子,癸酉十一月,赐名显,封嘉国公。甲戌七月,度宗遗诏即帝位。咸淳壬申正月十二日,修容俞氏诞生皇子,甲戌七月进封信王。凡七子。

钿屏十事

王櫶字茂悦,号会溪。初知彬州,就除福建市舶。其归也,为螺钿卓面屏风十副,图贾相盛事十项,各系之以赞,以献之。贾大喜,每燕客,必设于堂焉。行将有要除,而茂悦殂矣。

度宗即位	南郊庆成	鄂渚守城	月峡断桥
鹿矶奏捷	草坪决战	安南献象	建献嘉禾
川献嘉禾	淮擒孛花		

已上十事,制作极精。

襄 阳 始 末

襄阳遭端平甲午叛军之祸,悉煨于火,直至淳祐辛亥,李曾伯为江陵制帅,始行修复。时贾似道开两淮制阃,心忌其功,尝密奏于朝,谓"孤垒绵远,无关屏障"。至开庆透渡之际,穆陵犹忆此语,欲弃襄阳而保鄂,而似道乃谓"在今则不可弃矣"。先是,蜀将刘整号为骁勇,庚申保蜀,整之功居多。吕文德为策应大使,武臣俞兴为蜀帅,朱祀孙为蜀帅,既第其功,则以整为第一。整恃才桀傲,两阃皆不喜之,乃降为下等定功。整不平,遂诟问祀孙其故,朱云:"自所目击,岂敢高下其手?但扣之制密房,索本司元申一观,则可知矣。"整如其说,始知为制策二司降而下之,意大不平,大出怨詈之语。俞兴闻之,以制札呼之禀议,将欲杀之。整知不可免,叛谋遂决。遂领麾下亲兵数千人,投北献策,谓"攻蜀不若攻襄,无襄则无淮,无淮则江南可唾手下也"。遂为乡导,并力筑堡,断江为必取之计,此咸淳丙寅、丁卯岁也。俞兴父子致祸之罪莫逃,遂俱遭贬谪。先是,兴既死,丙辰岁俞大忠为荆、湖咨议,领舟师援蜀,陷杀名将杨政,因争财,又杀马忠,遂遭台评追削官爵,勒令自劾。大忠乃捐重贿,得勋臣经营内批,遂作勘会,面奉玉音。俞大忠利其财而陷杨政于死,且尽掩其功,欺罔朝廷,罪不容诛。然遣杨政而获捷者,俞兴也,姑以其父之功,特从末减,将白沙冒赏官资,并与追夺外,特免自劾。于是刘整闻之尤怨,且薄朝廷之受赂焉。襄阳自丁卯受围,生兵日增,关隘日密,守臣吕文焕虽能坚守,而外绝援兵,又为筑白阿、虎头二城,复置鬼门关以键出入,自是,虽音耗亦不可通矣。朝廷虽屡督制府出师救援,而不克进,往往失利不一。既而吕文德病笃,中外为之忧惧。既而果薨,上遗表赐谥武忠,遂命其子师夔起复为湖广总领,知鄂州。贾平章似道入奏云:"臣近得师夔报,其父文德病革,不可为。臣尝具奏,以为设如所言,臣当奉命驰驱,以为抢攘之会。非可以经制,宜在廊庙,自诿陛下难言,而臣之志固已决于此矣。昨文德讣至,日为忧皇,几失匕箸。继又再申前请,以为急其所急,岂非藉是以为去本朝计。而陛下决不听许,臣通夕展转,念无以易此。傥非臣等勇于一行,决不能宽,顾且荆、襄绎骚,士不解甲者再岁,以文德声望、智略,高出流辈,仅能自保。今一失之,奚所统摄。矧诸名将器略难齐,势不相下,仓卒谋帅,复难其人。兵权不可一日无所归,边务不可一毫有所误。虽目前暂令夏贵管护,然其使人商度远计,寝食不安,终不若疾趋其所,处分诸事,则随机以应,不至差池,是则臣报陛下之职分也。臣非不知曩在兵间,备尝险阻,困瘁成疾。只谋谢事,宁堪自取颠覆,诚以难平者事,所徇者国,皆不知其他。臣亦岂不知本朝故事,无以平章而巡边者,然唐裴度以平章出使山东,似有足援。用拜疏以请,恭听矜俞。"御笔云:"朕以凉菲云云,师相岂可一日而轻去朝廷。虽跬步之近,不可舍去,请勿重陈。"似道再奏云云:"连夕展转不寐,良以驿置一往复,率半月余,曾不若身履其处,机应于速之为善。再念今之荆、湖,莫急于襄中,寇环吾疆,惟隙是乘,陨星之变非小,故未可死诸葛走生仲达。况今士不解甲,与之尺寸力争,阅新岁则跨历三载,事有适值,必生戎心,讵容以疆场小小交兵视之哉?因念畴昔分阃荆、湖,先帝必欲宠臣以枢管,命臣复襄。臣回奏不敢轻易后继,臣为阃者,徒奉将相,意慕复襄之美名,萃江、岳之重屯以实之,江面单露,卒成己未之祸。先帝每记臣言，必欲弃襄以全鄂。臣则以为不可。非故自相矛盾，盖襄既复，则城池、米粟、甲兵，委难以资虏。臣在军极力留劲兵以守襄，襄幸以全。今又十一年矣。以吕文德运掉备竭志虑，忧患以至于死。今阃虽暂有所付，而臣与受其责。若使臣制于此，脱有出于意料之外，其可以非己所以自解？无情议论，必指臣为准矢之的矣。"云云。又御笔极力勉留。再上章，欲权带职巡视，以三月为期，上复不允。此后襄围小小捷奏，于是此议遂缓。明年元日，以两淮制帅李庭芝为荆、湖制置大使，兼夔路策应大使兼知江陵府。命范文虎提御前精兵八千余人，往荆、襄应援，一战而败，文虎仅以身免。至明年，蜀江泛溢，漂溺堡垒，至五、六月间，围稍解。制府乘此机，以布帛、盐、钱、米之类，遣兵防护而入。夏贵亦遣兵担运粟米数千石，呼延德亦运柴薪、布帛以往。未几，夏军大败，丧舟数百，危急如初。御笔遂督荆、湖制阃移屯旧郢州，范文虎以下重兵，皆屯新郢治上均州河口，扼其要津。当时从官中有言于朝，谓昔神尧以一旅之师取河北，今朝廷竭天下财力，以援一州而不能，于是贾相大怒。至咸淳八年壬申春，警报尤急，似道复有视师之请。盖李庭芝避事悠缓，而范文虎以殿岩自居，颇有不受节制之意。故台臣虽有章言之，宣示二人，然无益也。壬申岁，又檄沿江副阃孙虎臣及湖副帅高世杰之师，顺流而下夹攻。适值江水暴涨，乘势冲突堡寨及万人敌，打透鹿门，连船运入衣袄、布帛、米盐粮草。进发生兵，遂自樊城，后取安阳河，转均州江而还郢上。七月，据荆阃申大略云："襄樊受围，跨越五载，水陆路梗，援兵莫通。遂于去冬札知均州刘懋等，打造战舰，间探贼兵，措置战守。又调总管张顺、路钤张贵，提兵前往均州，地名中水路，创立硬寨，建造楼船。自中水路至襄城，止一百二十余里，节节皆是堡团军船，屯泊将士。从龙虎口硬打下去，本司重立赏格。张顺候立功回，特授转右武大夫、环卫官、正任御前都统制，犒银五百两，界会一万贯，纻丝十匹。张贵以下，次第立赏。又准平章钧翰，除制司赏格外，更与不次升擢。及移文范察使添调间探，司部官刘盛聪等于四月二十日到均州邓寨，添造船只。大使司委知郡范天顺等与二张部官同进。六月十三日，据张贵等申，昨于五月二十二日探得汉水已

生,次日将船只拖拽到团山下稍泊。二十四日,以大使司赏格抚谕将
士,一应船只,并拖拽至高头港口,蒙范殿帅、刘路钤等般运衣袄等
物,结成方阵。至一更三点,张贵等举火为号,出江极力鏖战,与贼舟
手刃相接。至磨洪滩已上,贼船布满江内,张贵又以红灯为号,抚谕
头目混战,与贼乱杀,火炮药箭射死北兵及坠水者,不计其数。二十
五日天明,已抵襄阳,船只等物至府,军民踊跃,皆说'贼围数年,未尝
有许多军需物件进入至此。'本是万全,缘当夜四更以来,南风大作,
吹奔北岸,于内总管张顺所带火炮,并已发尽,人马力竭,身中三枪六
箭,就阵殁于王事。张贵等既送军需等物入城,次日即欲打出,与夏
节使兵船相应,缘江水陡落,又蒙安抚吕察使留贵等人船在城,添加
战守,外以路梗不通,至七月方据申,到九月以来汉水渐涸,北兵得
计,不可前矣。夏、孙、高兵船但守地分,范殿帅之军又与制府抵牾,
莫能并力,坐视而已。"朝廷乃先解殿帅总统之权,陈伯大劾范文虎,
罢黜。十一月,荆阃李庭芝奏"襄围不解,客主易位,重营复壁,繁布
如林,遮山障江,包络无罅,旷岁持久,臣实有罪。且谓昔之浒、黄,今
之襄、樊,皆古今非常之变。天每以非常之人拟之,岂区区庸夫所克
胜任,云云。师臣徇国,一念上通于天,其悬悬欲以身临之者,亦察愚
臣之不可专仗也。若稽南渡之初时,则以张浚、赵鼎自行都建督府,
尽护诸将运掉之势,一时之势合,师臣大勋茂德,威震华夷,少超常
度,参用旧弼,以臂使指,一新观瞻"云云。御笔令侍从两省集议,然
卒无定论。贾平章回奏曰"若办此事,非臣捐躯勇往,终未能遂。然
纵使臣行,亦后时矣。恐无益于襄阳之存亡,尚可使江南无虞,而不
至内地之震骇也。庭芝欲臣建督于荆之谋,要不过姑为是说,督既建
矣,设有警动,臣欲安坐于此,得乎?臣今为是行也,则诸阃皆受节
度,云云。若推至来年春夏之交,则调一大将统三万兵船真捣颍、亳,
又调一大将统二万兵直捣山东,则襄围之贼,皆河南北、山东之人,必
将自顾其父母妻子,相率离叛,如是则襄围不解,臣未之信。倘陛下
不容臣跬步离左右,纵有奇谋秘计,一无所施,且当以择相为急"云
云。然亦卒不行也。癸酉正月,蜀阃捷报以昝万寿收复成都,继又收
复眉州,二月以朱祀孙为四川制置安抚大使,两淮制司又奏浮光之

捷。忽数日平章疏奏，力请行边，乃云："所闻日异，且言始得朱祀孙申言，敌有直捣内地之议，祀孙危之，谓非筑京城重内势不可。又收吕文焕二月三日蜡书，谓樊之力已不可支，再于襄城临江一面，植木栅立硬寨，誓以死守。但六年被围，一旦前功尽废，实有难言者。浮光废垒筑为家基，去冬逆整与六安叛将恐是焦与。一意窥江，乞检照累年所奏，容臣一出临边，即赐处分。"御笔又令集议，然皆悠悠之谈，御笔终于不从行边之请。调阮思聪策援边淮，就令相视平江城壁，差官修浚。三月，贾平章又奏："忽得李庭芝连日书，乃知襄帅吕文焕为虏诱胁，竟以城降。臣一闻战眩颠沛，几于无生。不谓事不可期，力无所措，乃至此极！容臣自劾，以报国恩。"御笔则决于不许，旋降御笔批别置机速房，亦建督于京之意。继而学校纷纷上书，皆澜翻不急之语，甚而谓"咸阳之焰未息，而山东盗起；六士之驾未出，而浒、黄透渡"。可谓劫持之语。独郭昌子一书，颇有可采。所言江汉道里，亦颇详尽。且画六策以献："一曰分游击以屯南岸，二曰重归峡以扼要冲，三曰备昌汉以固上流，四曰调精兵以护汉江，五曰备下流以绝窥伺，六曰饬隘口以备要害。"又有十六策，以为守备之要，其末并及济邸之事。平章召见，扣其颠末，补之以官，且令入机速房，以备咨访。继而宰执奏事上前，平章复陈行边之请，上曰："断是不可。"上又曰："诸生之书，只得留中，如下诏求言，亦有未可。"贾奏云："端平荆、襄之失，继以诸郡，是时皆不曾降诏，惟开庆有之。今幸未至此。更容臣讨论以闻。"上曰："且镇以静，不须得行。"四月，内批李庭芝召赴行在，汪立信荆、湖制置使知江陵府，印应雷两淮制置使知扬州，李应春知岳州，钱真将知江州，翟贵知鄂州，江陵都统程文亮副之，赵孟知郢州，陈起知浮光。既而黄万石召赴行在，赵溍沿江制置使知建康府，赵孟奎淮东总领，孟之缙知太平州，趣召叶梦鼎赴阙。荆、湖制司申武功大夫带右领卫将军范天顺，乃同张顺、张贵运送军需衣袄等物前进襄阳，留存在城守御，立功尤多。城降之际，时在所守地，仰天大呼曰："好汉谁肯降贼，死时也做大宋忠义鬼！"于二月二十七日，就地分屋内自缢身死。右武大夫、湖北总管司马统制朱富，亦系续遣前往襄城战御，转调过樊城，任责东北最紧地分。今年正月十一日，贼攻樊城,朱富拒敌死战,至二更,以身中枪刀,不能支持,为贼所得,义不受辱,就战楼内触柱数四不死,遂投身赴火而殁。欲乞赠恤,奉圣旨,范天顺特赠静江军马承宣使,特与三承信郎,支银五百两,十八界会二万贯,白田三百亩。庚申范文虎差知安庆府,阮思聪知池州,李应雷知鄂州,以为防江计。察官陈文龙上疏云云,且曰:"夫当人言汹汹,所幸众言纷纷,古今所恃以立国于天地间者,独有此一脉。言脉犹活,国脉其有瘳乎! 欲行求言,皆谬论也。"既而免言职。未几,又有上书乞师相临边者,御批"并不能从"云。

机 速 房

咸淳癸酉三月,御笔以师相固请行边不已,照张浚、赵鼎旧例,别置机速房。凡急切边事,先行后奏,赏罚支用亦如之。其常程则密院行移,无建督于京之名,而有其实奚不可,内重其势,外御其侮,庶不失为挽留也,师相其勿辞。贾遂毅然祗承,条具以闻,辟属官二员,右司许自,检详家铉翁,制领十员,使臣九十员。于封椿库作料科拨激赏第一料金五百两,银一万两,关子五万贯,十八界会二十万。行遣提点文字沈因、张梦龙、徐良弼、沈大发,书写文字王景阳、张国珍、张汝楫、吴桂芳,监印陈柯、汪云、郑大渊。又添给诸路戍兵生券三分之一,增招车等下军装钱,置枢密院都副统制一员,补归明人官资。凡有上书献书关涉边事者,并送本房面问,如有可行者,并与施行。忽有蜀人杨安字者,献策奇谲,右司许自扣之,不相投合。许自乃操闽音秽语以为高,欲乞朝廷竟差许自前往边邮,操秽语以骂贼退师云云。于是遂将安字行遣,而机速房之望顾轻矣。且许自乃一不通世务之闽士,仅能作诗文,之外他无所能,而乃令当此选,用之者固谬,而自亦可谓不揣矣。一筹不画,坐致危亡,非不幸也。

置 士 籍

咸淳辛未,正言陈伯大建议,以为科场之弊极矣,欲自后举始,行下诸路运司,牒州县先置士籍。编排保伍,取各家户贯,三代年甲,娶谁氏,兄弟男孙若干之数。其有习举业者,则各书姓名,所习赋经。子孙若凭所书年甲,如十五以上实能举业者,自五家至二十五家,而百家,百家而里正,许其自召其乡之贡士,结罪保明,批书举历,然后登士籍。一样四本,县、州、漕、部各解其一,仍从县给印历,俾各人亲书家状于历首,以为字迹之验。不许临期陈状改易。或有随侍子弟,合赴曹牒,诸色漕试者,各令赍历先赴县批凿,前去各处状试。每遇唱名后,重行编排保伍取会。如有新进可应举者,续照前式保明付籍。或有事故服制者,并画时申闻批凿。或毁抹,如虚增人名,妄称举子,其犯人与里正保伍,并照贡举条例施行。大意如此。御笔从行遍牒诸路,昭揭通衢。或撰《沁园春》云:"国步多艰,民心靡定,诚吾隐忧。叹浙民转徙,怨寒嗟暑,荆、襄死守,阅岁经秋。虏未易支,人将相食,识者深为社稷羞。当今亟出陈大谏,箸借留侯。　迂阔为谋,天下士如何可籍收?况君能尧、舜,臣皆稷、契,世逢汤、武,业比伊、周。政不必新,贯仍宜旧,莫与秀才做尽休。吾元老广四门贤路,一柱中流。"又有诗云:"刘整惊天动地来,襄阳城下哭声哀。庙堂束手浑无计,只把科场恼秀才。"察院陈文龙上疏,颇有愤抑之意,遂以理少出台。自是士之有籍,严行天下,或稍有瑕疵,皆不敢有功名之望。士论纷纷,直至贾老溃师之后,台中首劾置士籍之陈伯大,变七司法之游汝,行公田之刘良贵,沮宽恩之董朴,称翁应龙为简斋先生,写万拜申禀之朱浚,欲变类田法之洪起畏焉。

宋 二 十 一 帝

《长编》所载宋二十一帝,盖自顺、宣、禧三祖及东都九朝,南渡后高、孝、光、宁、理、度、少帝、德祐。并景炎、祥兴也。

宋 十 五 朝 御 押

太祖◠　太祖元押去　太宗方　太宗元押壬　真宗○

仁宗白　英宗匹　神宗○　哲宗帝　徽宗开
钦宗回　高宗瓩　孝宗帍　光宗○　宁宗冖
理宗旦　度宗〇

历代笔记小说大观总目

汉魏六朝

西京杂记(外五种)　〔汉〕刘歆 等撰　王根林 校点

博物志(外七种)　〔晋〕张华 等撰　王根林 等校点

拾遗记(外三种)　〔前秦〕王嘉 等撰　王根林 等校点

搜神记·搜神后记　〔晋〕干宝 陶潜 撰　曹光甫 王根林 校点

世说新语　〔南朝宋〕刘义庆 撰　〔梁〕刘孝标注　王根林 标点

唐五代

朝野佥载·云溪友议　〔唐〕张鷟 范摅 撰　恒鹤 阳羡生 校点

教坊记(外七种)　〔唐〕崔令钦 等撰　曹中孚 等校点

大唐新语(外五种)　〔唐〕刘肃 等撰　恒鹤 等校点

玄怪录·续玄怪录　〔唐〕牛僧孺 李复言 撰　田松青 校点

次柳氏旧闻(外七种)　〔唐〕李德裕 等撰　丁如明 等校点

酉阳杂俎　〔唐〕段成式 撰　曹中孚 校点

宣室志·裴铏传奇　〔唐〕张读 裴铏 撰　萧逸 田松青 校点

唐摭言　〔五代〕王定保 撰　阳羡生 校点

开元天宝遗事(外七种)　〔五代〕王仁裕 等撰　丁如明 等校点

北梦琐言　〔五代〕孙光宪 撰　林艾园 校点

宋元

清异录·江淮异人录　〔宋〕陶穀 吴淑 撰　孔一 校点

稽神录·睽车志　〔宋〕徐铉 郭彖 撰　傅成 李梦生 校点

困学纪闻 〔宋〕王应麟 撰 栾保群 田松青 校点

齐东野语 〔宋〕周密 撰 黄益元 校点

癸辛杂识 〔宋〕周密 撰 王根林 校点

归潜志·乐郊私语 〔金〕刘祁 〔元〕姚桐寿 撰 黄益元 李梦生
  校点

山居新语·至正直记 〔元〕杨瑀 孔齐 撰 李梦生 庄葳 郭群一
  校点

南村辍耕录 〔元〕陶宗仪 撰 李梦生 校点

明代

草木子(外三种) 〔明〕叶子奇 等撰 吴东昆 等校点

双槐岁钞 〔明〕黄瑜 撰 王岚 校点

菽园杂记 〔明〕陆容 撰 李健莉 校点

庚巳编·今言类编 〔明〕陆粲 郑晓 撰 马镛 杨晓波 校点

四友斋丛说 〔明〕何良俊 撰 李剑雄 校点

客座赘语 〔明〕顾起元 撰 孔一 校点

五杂组 〔明〕谢肇淛 撰 傅成 校点

万历野获编 〔明〕沈德符 撰 杨万里 校点

涌幢小品 〔明〕朱国祯 撰 王根林 校点

清代

筠廊偶笔 二笔·在园杂志 〔清〕宋荦 刘廷玑 撰 蒋文仙 吴法源
  校点

虞初新志 〔清〕张潮 辑 王根林 校点

坚瓠集 〔清〕褚人获 辑撰 李梦生 校点

柳南随笔 续笔 〔清〕王应奎 撰 以柔 校点

子不语 〔清〕袁枚 撰 申孟 甘林 校点

阅微草堂笔记 〔清〕纪昀 撰 汪贤度 校点

茶余客话 〔清〕阮葵生 撰 李保民 校点

檐曝杂记·秦淮画舫录　〔清〕赵翼 捧花生 撰　曹光甫 赵丽琰
　　校点

履园丛话　〔清〕钱泳 撰　孟斐 校点

归田琐记　〔清〕梁章钜 撰　阳羡生 校点

浪迹丛谈 续谈 三谈　〔清〕梁章钜 撰　吴蒙 校点

啸亭杂录 续录　〔清〕昭梿 撰　冬青 校点

竹叶亭杂记·今世说　〔清〕姚元之 王晫 撰　曹光甫 陈大康 校点

冷庐杂识　〔清〕陆以湉 撰　冬青 校点

两般秋雨盦随笔　〔清〕梁绍壬 撰　庄葳 校点